双胞胎在私语

〔日〕横沟正史 著

黄真 译

南海出版公司

新经典文化股份有限公司
www.readinglife.com
出　品

目 录

开豆汤店的姑娘

一

吃过晚饭，扫了一眼当天的晚报，敬太郎又信步走出了门。

这一日，秋意忽浓，让人总觉得应该在外套里面再穿些什么。敬太郎此时脑中一片混沌，他走上了公园的一处坡地。公园下面的空地上，一群商业学校学生模样的年轻人正一门心思地练着棒球，尽管此时天已经很暗了，他们却毫不在意。空地上时不时传来乓的一声令人心情舒畅的脆响，就只见球从杨树梢上飞掠过去。敬太郎停下来看了一阵，接着又漫无目的地走下了公园背侧的坡道。脚下的杂草密密丛丛，几乎遮住了小路。敬太郎脚踏草丛前行，露水沾湿了木屐，这让他很不舒服。他一路走到公园尽头，在那里驻足片刻，又转身向左迈开了步子。这条宽一尺左右的小路，右边紧连着一道大概一层楼高的断壁，断壁下面连接着几处人家脏兮兮的后院。敬太郎一边走一边望着那些杂草丛生的屋顶。

这时，一个女人尖锐的声音传了过来："畜生！把你宰了都不够解气！"

敬太郎吃了一惊，不由得停下了脚步。他把目光转向断壁下面，发现两个女人正站在那里。

一个十八九岁的貌美女子站在水井边上，神情傲然地盯着对面的女人。敬太郎心想，刚才的话八成是这个女人说的。另外一个女人背向敬太郎，无法看见长相，但从她沮丧的背影猜得出她大概正在哭。

敬太郎感觉此处是个是非之地，便脚步匆匆地走了过去。

直到走出这条小路，敬太郎都没敢回头看一眼。穿过小路，走到人群里，他的心还是无法安定下来。刚才那个女人充满怨恨的声音仍让他耳根感到火辣辣的刺痛。

“畜生！把你宰了都不够解气！”

现在想想，这句话实在令人感到恐惧，敬太郎不由得一阵战栗。这话应该就是那个貌美的女人说的吧——敬太郎回想起了她那充满怨恨的眼神。没能看清那个让貌美女子怨恨至此的女人，实在有些遗憾。不清楚她的具体年龄，大概有二十二三岁。

敬太郎一边走，一边茫然回想着刚才的事情，不经意间碰见了初中同学近藤。

“哟！”近藤声音洪亮地打了声招呼。近藤戴着一顶醒目的大草帽，但依然挡不住他头带上那颗高等商科学校徽章的光彩。“你最近都在干什么呢？”他说完停下了脚步，又问道，“好久不见了，陪我走走吧？”

于是敬太郎又和他朋友肩并肩，折回到刚才走过一遍的路上。

“你还是在复习吗？”近藤问道。

“是啊，复习倒是在复习，不过我早就没什么心思了。这样下去，明年怕是又考不上。”

敬太郎今年和近藤一起报考了高等商科学校，但他的分数明显不够。

他们一边走，一边说了一会儿学校的事情。敬太郎此时已经把刚才的事情完全忘掉了。

忽然间，近藤的脚步停了下来，接着下巴一点，冲敬太郎示意了一下，转身走进了旁边的一家豆汤店。见到豆汤店的门帘上印着“都庵”二字，敬太郎好像想起了什么，朝四下一望，不禁吓了一跳。他发现，刚才那两个女人站着讲话的后院正好就在这家小店后面。

他穿过门帘走进店里。近藤已经占据了这间平房中间的一张桌子，正对着一个女人说话。现在只是夜幕初降，店内只有他们和另外三两个客人。敬太郎坐到了近藤边上，当他看见女人的长相时，吓了一跳。

“畜生！把你宰了都不够解气！”

刚才叫喊出这句话的，正是这个女人。她此时正甜美地笑着。

“两碗砂锅面。”近藤下了单。

过了一会儿，女人把他们要的东西端了过来，然后就坐在他们面前聊起了天。敬太郎心想，这女人应该并不知道他撞见了刚才那场面吧。可他又觉得，或许她已经知道了，却在假装平静。但是从她身上一点儿也看不出掩饰的样子。女人名叫加代。

加代长着一张圆脸，大眼睛，眉毛修长，嘴唇涂成牡丹一样的颜色。敬太郎心想：刚才那句令人毛骨悚然的话就是从这样一张嘴里说出来的。加代的头发梳向左侧，后方一层层地卷起，最后用一把大梳子固定住。一条白色的围裙恰到好处地穿在她身上，敬太郎见了马上联想到了当下一些歌剧杂志的卷首插图。

“美代不在吗？”近藤一边用筷子戳着金团，一边问道。

刚才说话还和颜悦色的女人闻言立刻站了起来，冷笑两声，径直朝其他客人走去。敬太郎被这傲慢的态度吓了一跳，准确地说是被加代急剧的变化吓愣住了。

近藤却在一旁一个劲地笑："又摸到老虎屁股了。"

片刻之后，从小店的里屋走出了一个女人。敬太郎一瞧见她，马上就想到这应该就是当时背对着他的那个女人。这女人见了近藤，径直走过来，坐在了刚才加代坐着的位子上。在他们对面，加代正高声大笑。敬太郎此时已经确信，这两个女人之间相互怀着深深的敌意。

女人坐下去之后，这才注意到敬太郎，神色立刻变得颇为尴尬，脸一下子就红了起来。她明显记得敬太郎。

"畜生！把你宰了都不够解气！"

这声咒骂正是对着她说出来的。她名叫美代。

美代长得跟加代十分相像，只是脸稍微比加代的修长一些。但敬太郎对这二人的印象截然不同。首先，美代并没有像加代那样把嘴唇涂得红艳艳的，而且美代头上的日本发式也显得很温顺柔美。总的来说，她是个文静而又略显落寞的女人。或许因为身材太过瘦削，一条白围裙在她身上也显得不够合身。她看上去带着一股优雅气质，让人不禁觉得她从别处漂泊到此，沦落到干这种营生的地步。

近藤面对美代说话时，用的是一种与刚才迥然不同的语气。这女人虽然说话坦诚，也不时开些玩笑，但总体而言，她说话并不多，似乎城府颇深。她这矜持的样子，应该未必只是因为敬太郎坐在一旁。

过了好一阵子，两个人才从店里走出来。此时外面已经完全黑了。

"原来店里有这样两位美女啊。"走过一段路之后，敬太郎开口说道。

近藤一听，表情一阵惊诧："你都不知道吗？"

"不知道。"

“不过，你不知道也不算奇怪，谁让你一天二十四小时都在桌前啃书呢。”近藤笑道，“但你还是了解一下公园后面这对姐妹花的好。”

接着，近藤就把二人的事情说了个大概：这二人是一对姐妹，长得都颇有姿色，因而引来了众多追慕者。两人为此明争暗斗，相互之间越发敌视。近来，这两人的关系尤其险恶。

末了，敬太郎和近藤道了别。敬太郎此时又想起了霓虹灯下美代的样子，身子哆嗦了一下。他怎么都觉得那不像是张有生气的脸。

二

敬太郎从报纸上得知美代被杀，是在那之后的第三天早上。看到报道时，他着实吓了一跳。

报纸上长篇大论地写道，美代被杀的时间是昨天傍晚六点到七点之间。当时，因为她很长时间都没有在店里出现，妹妹加代便走到小店后面看看出了什么事，这才发现她倒在井边。直接死因是血管破裂，额头上留有打斗的伤痕，有充分的他杀嫌疑。凶手和凶器现在尚未找到。整个犯罪过程时间非常短，而且又是发生在傍晚时分，所以凶手一定是个身手敏捷的人。报道的最后两行还说，极有犯罪可能的嫌疑人——高等商业学校学生近藤健一郎已经被拘捕。看到这里，敬太郎吓得几乎跳了起来。

说起近藤，敬太郎这两天都没有见着他。他真的会干出这种事来吗？近藤确实经常出入那家小店，未必与此事毫无干系，可敬太郎怎么也无法想象他会干出这种事来。再者，如果被杀的是加代倒还说得过去，可把近藤当成杀害美代的嫌疑人抓起来十分荒唐，因为近藤一直偏爱美代。

“畜生！把你宰了都不够解气！”

敬太郎又想起了那句几乎被忘掉了的话。难道不是加代杀的人吗？“是的，是的，一定是这样。”他忍不住这样说道。

当天下午，敬太郎漫无目的地出了门。他的脚步不由自主地移向了那家小店。小店大门紧闭，里面空无一人。他本想绕到小店后面去瞧瞧，但心里总觉得不妥，只好作罢了。他走过小店，走到了很久都没去过的近藤家。近藤此时当然不在家里。近藤的母亲满面担忧，见了敬太郎，马上引他进屋。她并不明白近藤为什么会被当成嫌疑人抓起来。

敬太郎说了一会儿话，安慰了近藤母亲一番，就告辞了。

第二天，他又去了一趟近藤家，出人意料的是，近藤已经回来了。

“哟嗬。”近藤用他惯常的语气打了声招呼，“快进来，现在家里没别人。”

敬太郎进了屋，马上就问起了案子的事情。

“我可真是倒了大霉。”近藤故意夸大其词道，但看上去并没受多大委屈。敬太郎见状安心下来。

“他们究竟是凭什么证据抓了你？”

“手表。我也不知道是怎么回事，美代的手里握着我的手表。”近藤说道，“美代死的那天，我从学校回家的时候到那里坐了一会儿，和美代一直聊到五点钟左右。可能当时我把手表落在店里的什么地方了，但那时候一点儿也没察觉到。回到家，我才注意到手表不见了，我以为是把它忘在了学校，所以并没有对任何人说起。让警察起疑心的就是手表。他们说，那样高档的——说起来真好笑，不过那只手表现在也能卖个上百元，那样一只手表弄丢了，哪个人会默不作声？他们问我：‘这只表是你给她的吧？你跟她是什么关系？’我怎么知道会是这样，以为只是把表落在了学校而已。不过想想还真是无法理解，为什么美代手中会拿着我的表？”近藤说完双手抱臂。

“还好没事，我还担心，你会不会再次被当成杀人嫌犯抓起来呢。”敬太郎感到十分庆幸，好在对近藤的怀疑缺少证据。

“谢啦！总之，我有确切的证据证明，美代被杀的时候，我在别的地方，所以才平安无事地出来了。”

敬太郎一直在盘算要不要把他前几天看到的事情说出来，最终，他下定决心告诉了近藤。近藤听了，先是琢磨了一阵，然后说道：“这事你还是尽量不要告诉别人。”

敬太郎吓了一跳。

“按照我的看法，你听到的那句话应该不是加代说的，而是美代。”

“为什么？”敬太郎心里又是一惊。

“你并没有真正看到加代说了这话，只是按照当时的情景推测出来的，对吧？可是你推断错了。一个女人如果说出了这么骇人听闻的话，恰好又被人看见了，她是不会傲慢地摆起架子来的，反倒会像你那时候看见的美代那样，一声不响。而且，我听说美代那几天歇斯底里地发作，经常拿那样的话来吓唬加代。”

敬太郎被近藤的这番分析说服了，感觉他的说法才是正确的。

“畜生！把你宰了都不够解气！”

敬太郎心想，把温顺的美代逼到说出这番话，背后一定有着种种悲剧。

三

美代被杀已经一个星期了，这期间并没有出现什么新的线索，敬太郎去了一趟近藤家。近藤告诉他，加代已经像平常一样出现在小店里了。敬太郎开始复习功课，可是美代被杀后第八天的报纸上一则重大报道，又把他的心思拉走了。

那是关于加代之死的报道。加代惨死于自己家中。凶手并没有离开现场，而是束手就擒。这人是她的情夫，名叫纹太，是个无业游民。

看过报道，敬太郎又想起了美代。他觉得这次浮出水面的纹太一定和美代的案子有什么关系。果然，当天的晚报刊出了他和美代之间的关系。报道通篇都是纹太的自白，内容如下：

美代有一个秘密：她有个私生子。

大约两年前，美代在一家咖啡馆工作。当时她有一个恋人，是某专科学校的学生。两人的关系只持续了半年。男生毕业后，两人就一刀两断了。男生回了老家，对这里半点留恋都没有。美代后来再未得到过半点关于他的消息。那个时候，美代一直意志消沉。不过，他们在很久以前就约定过要分手了，所以这段感情已无法挽回，而她也根本没有怨恨过男生的薄情。

可是，分手三个月还不到，美代就发现他们之间的事情并不是简简单单就能了断的。她开始感觉到身体有了异常的变化。她感到吃惊、恐惧和苦恼，没有半点准备和决心来当一个母亲，而且她的境遇也不允许她把孩子生下来。

但是美代并不想把事情告诉那个男生，她是这么想的：她只不过是那个人的一个玩具而已。那个男生八成就是对她抱着这样的态度，而她对此早已心知肚明，因此根本就没指望得到什么。这样一来，男生也对此不负有什么责任。她还觉得，那个男生秉性温和，加之他们很早就约定要在他毕业时分手，他作为一个学生，已把自己能做的事都做了。所以，她对他没有什么怨恨。更何况，事到如今，即使对他说自己怀上了他的孩子，他也一定会起疑心。即便他不怀疑，他的父母也不会承认这个孩子……

可是，说到底，如果她不依靠男人，自己一个人抚养孩子又捉襟见肘。正当此时，一个抓住她弱点的男人出现了，那就是纹太。纹太的善良背后藏着野心。但是美代那时正自身难保，根本没有资格去嫌弃纹太。她明知这是个陷阱，却还是握住纹太伸过来的那只手。纹太巧妙地处理了那个孩子，而美代则根本不想过问此事，她害怕听到关于那个孩子的事。

纹太是个游手好闲的痞子，但也绝不是个坏人，在得到了那个与他身份不相称的女人后，便下定决心要对她百依百顺。于是他听从了美代的劝告，发誓马上金盆洗手。如果事情真这么继续下去，或许他会出人意料地成为一个幸福的人。可事实并不是这样，因为他们之间还有个加代。加代觉得姐姐的幸福就是她的不幸，所以，一日不将这份幸福破坏掉，她心里就一日不得安宁。

加代长得妖艳多姿，而且深谙勾引男人的种种手段。她很快就取得了成功，将各种各样的诱惑埋进了纹太心里。她又以私生子的事相要挟，从美代身上诈取了不少钱。美代则因为自己的遭遇和孩子的身世而痛苦憔悴。这正是让她变得歇斯底里的原因。

错综复杂的情形之下，美代忽然死了，还是被杀的。这么一来，加代对纹太的态度忽然冷淡下来。她对纹太的爱恋，只是起因于自己对姐姐争强好胜的心理。竞争对手一旦没了，她的态度也自然会冷淡。纹太又因为美代的去世，才开始认识到美代对他有多重要，心中充满了悔恨。就在这时，加代对他的态度偏偏又冷淡了下来，他终于被激怒了……

但是，纹太对美代的死因也全然不知。他最后说了这么一番话："关于美代的死因，我不能提供什么线索，但对她手上握着别人手表的事，我有些看法。美代那天晚上八点之前必须把二十元钱交给我，因为我威胁过她，如果交不出来，孩子就会被卖掉。可是，她上哪儿去弄这些钱呢？我想，她恐怕因此把手伸向了别人的东西……"

四

纹太的自白到头来并没有为寻找杀死美代的凶手带来一丝光明。这篇报道刊出后第二天，敬太郎又来到了近藤家里。他本以为近藤会否定纹太的说法，结果却出乎意料，近藤基本上认同。近藤说，听说美代手上拿着他的手表的那一瞬间，他就意识到了这一点，只是出于对美代声誉的考虑，他才一直保持沉默。

"美代一定是打算暂时把手表藏起来，所以才走到了后院。"近藤说道。但是除此之外，他什么也不清楚。

自此，敬太郎开始每天关注报纸上的新闻。但是，美代的案子从那之后就没有消息了。过了一个月，敬太郎也把这件事忘了个一干二净。

十一月中旬的某天，美代的案子已经过去了一个半月，报纸上忽然又出现了相关的报道，终于将所有的疑问悉数化解。报道是这么说的：

临近岁末，十一月十三日，小店都庵进行了大扫除。警方并没有忘记之前的案件，所以，得知小店要进行大扫除时，特地派了两名刑警到场，以期发现一些新的线索。

在大扫除进行时，一只球从地板下面滚了出来。这是一只常见于初中棒球队的球。刑警发现球上附着了黑色的污渍，遂觉可疑。经过分析，警方证实上面的污渍是人的血液，而且这些血液离开人体已经一个半月左右。该发现被公布的同时，检查过美代尸体的法医也做出了如下证言："如果说凶器是个球，则最契合她额头上的伤情。我也没有意识到会是个球，但这一点是确凿无疑的。"

接着，最终给这个推断铁板钉钉的事实出现了。

商业学校的棒球队每天都会在公园的广场上练球，美代死亡当天的同一时刻，他们丢失了一个球。当时球队的主击手击出的一个球找不到了。

从这些事实可以推断，美代其实是被飞来的棒球击中毙命的。

法医做了如下说明："美代这是第一次偷窃，她的心脏因这种担惊受怕的体验而陷入极度亢奋的状态。她打算把赃物藏到一处地方，而这个时候，任何细微的声响都足以威胁她的性命。加之美代的心脏非常脆弱，所以，最终那一记飞球给她带来极度的恐惧和冲击，让她失去了生命。"

敬太郎看着这段报道，一时间茫然若失。

这是一个太过幻灭的结局。

当日，敬太郎又拜访了近藤家。

“真可怜，她其实没有必要忍受着这样的痛苦去偷东西。这只手表，只要她说一声想要，我就会给她。”近藤感慨道。

就这样，这对有名的姐妹花如幻影一般陨落消失了。

等到明年一月，还能想起他们的人恐怕寥寥无几吧。

不过，到了第二天，敬太郎欣慰地发现，自己终于可以沉下心来复习功课了。

三年性命

篠山博士在赤坂一带开了一家诊所。这天晚上过了十一点，他关了门前往自己在久世山的家。

出租车开到江户川的时候，再也无法继续前行，篠山博士就下了车。一阵喧闹的引擎声过后，篠山博士转过身，一边用手杖往前探路，一边弓着身子往坡道走去。

已是四月，可这两天温暖的天气完全逆转了，昨天竟然还星星点点地飘起了小雪。少有人来的坡道上，昨天的雪还没有化掉，残留的积雪给路两旁化上了淡妆。博士把下巴深深地埋进外套的领子，一步步走在这条极易滑倒的坡路上。

他终于走到了坡路中间一块稍稍宽广的平台上，虽然身体健康，终究还是敌不过年老，每次走到这里，都要伸伸腰，抽上一支烟。他摸摸外套的口袋，拿出一支烟卷，哗的一声，娴熟地擦着火柴。紧紧凝固住的黑暗，在火柴的火光下急遽分裂开来。

就在这个时候，博士吓了一跳，不自觉地往后退了一步。

黑暗之中的坡道，一侧是一处大宅院的砖墙。这堵墙砌得很长。

一个男子就像黑影一样倒在墙根下。此人已经失去意识，右手垂在膝盖上，左手握着一把雪，白皙的脖子像折断了似的歪在一边，靠着围墙，蹲坐在墙根下。

博士匆匆扔掉快烧完的火柴，又擦着了一根。

“喂，喂……”他向男子说道。

没有回答。

“喂，喂……”博士再次出声招呼，一边走了过去，把手搭在男子肩上，用力摇了两三下，顺着他的力道，男子软塌塌地倒在了雪地上。出于职业习惯，博士迅速掐了掐男子的手腕。脉搏还有，他并没有死。博士半跪在地上，检查了一下男子的瞳孔，瞳孔散得很大。

“嗯……应该是麻醉剂。”博士低声说道。

博士待了片刻，此时正是半夜，这里又少有行人，要是把男子丢下不管，说不定就会冻死。博士别无他法，只好把手伸到男子肩下，铆足力气把他抱了起来。

虽说吃力，好在博士的家就在不远的拐角处，如果咬牙使把劲，把男子背起来走一段路也不算难事。博士丝毫顾不得外套沾满泥浆，摇摇晃晃地迈开了步子。此时对面的拐角处忽然出现了一个人影，好奇地朝这边走来。离博士还有两三步的时候，来人忽然停住脚步，说道：“啊呀，这不是老师吗？”

“哎呀，川路。”博士马上回应道。对方正想问些什么，却被他打断了。“你来得正好。这个人倒在路边，我现在背着他可吃力了。不好意思，你能帮个忙吗？”

“这是个流浪汉？好的，我帮忙，您把他架到我这边来吧。”

川路三郎十分乐意地接管了这个倒在路边的人。

门铃响过，开门的是博士的侄女泰子。见了川路，她露出一副吃惊的表情。

“怎么了，有什么东西忘了拿吗……”

看来，川路三郎刚才一直都在这所房子里。

“不，没有……”正当川路还想说些什么的时候，博士爽朗地接过话茬：“泰子，这里有个人倒在路边，正当我犯愁的时候，遇上了川路，我让他帮个忙。”

“哎呀。”泰子这才注意到川路身上背着的那个男子，朝他的脸看去，“还是个年轻小伙子，他怎么了？”

“博士说他应该是中了麻醉剂，不过已经快清醒过来了。他看上去冻得很严重，泰子，你快找人烧一壶开水来。”

“也好，照顾病人的事就交给川路吧。我今天可真是累倒了……对了，泰子，你婶婶呢？”

一听叔叔问起婶婶，泰子一时不知该如何回答，博士马上明白过来。

“哦，知道了，又去参加晚会了吧？这可让人有点伤脑筋啊。”博士一边说，一边把脏外套脱到一边。“那么川路，病人就交给你了。我现在有点事……”他说完这句话就进了书房，把另外两个人留在了那里。

“老师这样悠闲自在可真好……”

“是啊。”泰子脸上先是有些不高兴，但很快就调整了心情，“就跟个小孩一样，真是大人的身子婴儿的心……哎呀，别闲聊了，赶快把病人放下来。你一定很累了。”

“哪里，这没什么。我把他背过去，你快去准备热水。”

“好的，那这里就拜托你了。我去里屋找阿姨烧壶水。”

泰子往一个大脸盆中倒满热水，端了过来，她这才在明亮的灯光下看清了躺在床上的青年的脸。不知为何，她吓了一跳，只觉得自己的膝盖哆哆嗦嗦地发颤，心脏不规则地发出怦怦的声音。

“你怎么了？”

“没什么。”泰子的脸唰地红了下来，她匆匆把脸盆放在了一边。

为什么会如此惊慌失措？她自己也不清楚缘由，只不过，看见那张脸的一刹那，她莫名其妙地感到一阵又黑暗、又沉闷、像甘甜的蜂蜜一样无法形容的东西缠住了她的心。而且这蜂蜜并不只有甜味，还带着一种难以揣摩的毒草般的不祥。

川路不安地想要说些什么，但就在这时，不知是否药物起了作用，刚才还昏睡如死的青年微微发出了痛苦的呻吟。

这位青年的容貌，该如何形容才合适呢？他的脸简直像是出自高畠华宵的画笔：纤细修长的鼻子，清秀如绘的双眉，水润柔嫩的双颊，下面是紧闭的红唇。这张脸实在是太过秀美了，也正因为如此，这一切看上去又给人一种冰凉甚至是冷酷的感觉。

如此俊美无比的青年，真可谓百里挑一，不，千里挑一——不对不对，应该说这世上绝对找不出与之匹敌的人。这两片红唇，两簇长长的睫毛，一头垂直白额的黑发，今后一定会——不，或许已经迷倒了不少女人，引得她们强烈地渴望爱抚一番这副俊容。

事实上，身为男人的川路三郎，对着这如春天的淡雪一般一握即化的美貌，也情不自禁地感到一阵心疼。

“泰子，”他过了好一阵才终于说出话来，“等洗澡水烧开了，能麻烦你给他的脚做些按摩吗？”

川路的请求让泰子有些为难。她踌躇了一阵，不知道如何是好，最后只好无奈地跪坐在青年的脚边，静静地脱掉了他的脏鞋子。

一双洁白柔嫩的脚，每只脚掌的前面都恰到好处地排列着五根脚趾，每根脚趾上像嵌了宝石一样生着樱红色的趾甲——碰到这双脚的刹那，泰子觉得自己好像触犯了什么禁忌，惊恐地哆嗦了一下身子。

“怎么了？”

“我，我……”泰子哀求般地说道，“我怎么也下不了手。”

“是吗？那就让我来吧。”

川路语气坚定，仿佛要甩开某种不祥的想法。他站起身，和泰子交换了位置。可他只是轻轻碰了一下那双脚，就大吃一惊地叫道：“哎呀，这是怎么回事？”

“哎？”

“这真是不可思议。泰子，麻烦你把灯移过来。”

“怎么了？”

川路没有回答，他借着灯光，全神贯注地看着青年的脚底。“泰子，请把老师叫过来一下吧。”川路飞快地说道。

博士很快就被泰子叫过来了。“怎么了？有什么异常状况吗？”

“老师，您看看他的脚底。”川路说完站起身，把位子让给了博士。

博士疑惑地皱着眉，在川路刚才所在的位置跪坐下，观察起青年的脚底。看着看着，他整张脸都布满了惊骇的神色。

“这太匪夷所思了，川路，这双脚简直就像是新生儿的一样，别说走路，恐怕连站都没站起来过。”

别说走路，连站都没站起来过——这究竟意味着什么？一个人到了二十几岁，却没走过路，甚至没站起过身子，这怎么可能？而且，如果这位青年是个病人，或者身体有残疾，那倒还能解释，可一眼看去，他身上并不能找到任何肉体缺陷。

“川路，你赶紧把他给弄醒。我觉得他身上一定有什么奇怪的状况，得先问问他。”

“明白了。”

川路把一块药棉浸入一种强烈的药水里，然后把它凑到青年的鼻子跟前。青年的呼吸立刻急促起来，脸上也开始有了血色。几秒钟后，青年就像和噩梦做斗争一样，浑身翻滚，最后，他睁开了那双水汪汪的眼睛。这一瞬间，不知是否灯光太炫目，他猛地眨了两三下眼睛。忽然，仿佛被一种难以言表的恐惧笼罩住，他整张脸痉挛了起来，接着发出“呀”的一声意味不明的叫喊。这叫声像是出自一个舌头刚刚能动的婴儿……

片刻之后，不明缘由的恐惧让这名青年狂躁不安。为了让他镇静下来，篠山博士和川路两人不得不使出浑身力气。无奈之下，博士只好又给他打了一剂麻药，让他再度睡去。

“他这是怎么了，叔叔？”泰子站在房间的一角，血色全失，看着青年慢慢睡着，才终于向博士问道。

“我也不知道，他究竟是被什么给吓成了这样？”博士一动不动地从头到脚盯着这位青年，“说了你们可别吃惊。这个年轻人应该至今为止从未见过灯光，而且，恐怕这也是他第一次听到人的声音。他听不懂人说话，虽然他耳朵听得见，嘴也能发出声音，但他不会说话。

这究竟是怎么回事，我弄不清楚，但是看来这背后应该藏着什么令人恐惧的犯罪阴谋。”

博士一边说着，一边把目光移到了地板上，目光落在一个信封上。他立刻捡了起来。

“致救起这位青年的好心人——”

博士吃惊地皱起了眉，慌忙拆开信封。

> 救起这位青年的好心人啊，当你把他从黑暗的世界里释放出来之时，我有一事相告。原本，他生下来就背负着终生活在黑暗之中的命运，而我也一直忠实地遵循着他这命运，将他养大。但是最近，看着如此健康的一个人从一处黑暗走向另一处黑暗，我动了怜悯之心，于是决定给他一个三年的梦。不管他是否能出人头地，他身上具有的种种特质或许会给他带来一个快乐的梦。但是，我还是要在这里断言：他的命运终究只是一颗黯淡的星星，凡是和他扯上关系的，不管是男人还是女人，最终都会因感染上他的不祥之气而肉体灭亡。最后，请把他的名字起作轻部芳次郎吧。

篠山博士、川路和泰子不由得面面相觑。

此时此刻，帝国剧场，意大利的卡比歌剧团正在演出。像这样的演出，观众席上通常坐满了红男绿女。远道而来、在日本难得一见的南欧艺术，对谁来说都如梦如幻，令人心潮澎湃。此时正值第一幕结束之际，观众纷纷来到了走廊上。穿长袖和服的千金小姐，着旗袍的少妇……把人群装点得无比艳丽。

吉川伯爵的夫人美枝子便是这群美丽蝴蝶中的一只。

美枝子和丈夫最近刚从法国回来。她身穿从法国买来的洋装，精致得体，手里轻轻地握着一把绢底金丝绣扇。她身姿轮廓鲜明，宛如白孔雀一般美艳出众。即便混在这数不清的女人当中，人们还是一眼就能把她找出来。现在，几个男人正围在她身边。她面带淡淡的微笑，亲切地和他们交谈着。凭她这样的姿容，怎么看都不像是个已经二十八岁的人。

幕间休息的时间很长。

美枝子已经听厌了年轻男子的恭维。不过她终归还是有教养的女人，脸上丝毫没有流露出厌烦的神色，还是和刚才一样，亲切地应答着，只是眼睛看着他们后面的远处。忽然，一处艳丽的斑点映入了她的眼帘。

“哎呀，”她朝离她最近的一个人说道，“那边走着的是篠山夫人吧？”

“哦，还真是。”男子马上答道，“夫人和泰子小姐……泰子小姐一直都是这么可爱。好像没看到博士。”

“那个和他们在一起的人是谁？”

“应该是川路吧，泰子小姐的未婚夫。”

“不，我说的不是他，是另一个人，你看，在棕榈叶影子的下面，正愣头愣脑地看着这边呢……”

“在哪儿？”男子一边问，一边搜寻。他忽然吃了一惊，目光越过美枝子，转头朝另外一个男子说道：“喂，我说，轻部芳次郎来了。”

“这个轻部是什么来头？”美枝子看着身旁几个男子吃惊的表情，

感到那个站在棕榈树的叶影下愣愣地看着这边的青年并不简单。

“夫人，您还不知道轻部芳次郎吗？”

“嗯，完全不知道。”

“对呀，夫人那时候在巴黎，难怪不知道那桩轰动一时的事情。是啊，正好是去年这个时候的事了。篠山博士从路边把这个人救起来，收养了他。当时，他既不会张口说话，也不懂事，要说吃东西，除了面包和水，其他任何东西都咽不下去。后来，在博士一家的精心调理下，他才变得像个人样。他说过自己的身世，大致就是他生下来二十多年间，全都睡在一间黑屋子的床上，没有一个人和他说话。只有一个黑布蒙脸的男子，每天进去一次给他送面包和水，勉强维持他的生命。”

“对了对了，”美枝子好像想起了什么，“在巴黎那段时间，正好是这个时候，我在东京寄来的报纸上看到过这样的报道。这么说，是真的了？”

“千真万确，当时可在新闻界引起了轰动。”

这个时候，篠山夫人一行里，泰子第一个看见了美枝子的身影。她悄悄地告诉了婶婶道子。

“哎呀，还真是！”道子夸张地朝吉川夫人露出一脸谄媚的笑容，招呼道：“夫人，早就听人说看见了夫人，我刚才还一直在找您呢。夫人总是这么漂亮。”道子毫无顾忌地大声说道，大摇大摆地走到了美枝子近旁，“夫人，今天我带来一个人，您一定得见见。轻部芳次郎，您听说过吧？”她说着，朝轻部芳次郎看去，仿佛在炫耀一般。

“是的，只是听过一些传言——他这身子现在好像还不太正常。”

“是啊，正如您之前所得知的情况……不过他已经没事了，我今天是第一次把他带到这种地方来，可他的表现也没我想象的那么让我担惊受怕。夫人，劳烦您去看看他吧。”

轻部芳次郎在泰子和川路三郎的保护下，无所事事地望着棕榈树的叶子。他现在几乎已经成了一个独立健全的青年。他真切地意识到，自己不仅在走路、说话、认知等外在能力上取得了进步，同时内心也得到了令他吃惊的成长。这些成长仿佛洪水决堤，势头猛烈地撞击着他的肉体。

来自本能的烦恼让他头晕目眩，与此同时，对女人的憧憬也正如一朵艳红的花，大张花瓣地绽放在他心里。他还并没有成长到认识自己的俊貌的地步，但已经能从所有的女人身上感到一丝芳香了。换句话说，他现在正处于最危险的境地之中。

现在一想到自己在那间暗无天日、阴气沉沉的房间里，在一张硬邦邦的木床上沉寂地躺了二十几年，他就觉得现在的一切是一场梦。那个时候，除了他自己，唯一的人就是那个黑布遮脸的男子。那人每天只送来一次水和面包，始终一言不发，只会默默地把端的东西放到他身边。

而轻部当时何曾有过什么不平的感觉呢？不，不，他只是毫无抵抗地服从自己的命运而已。现在想想，他甚至都不知道除那之外还有一个外面的世界。这是何等巨大的变化啊！

他在这世上见到的第一个女人是泰子，所以，在所有人里面他最喜欢泰子。但是，这份喜欢的含义并不是兄妹之爱。而泰子的态度不论如何坚决，都随时可能化为崩溃的信念。所幸，泰子并没有给他可乘之机，而且泰子还有川路三郎这么个恋人。

他见到的第二个女人是道子，但他并不怎么在意她。她只不过是个又胖又自以为是的女人罢了。所以，现在他正顺着本能不断地寻找追求的对象。

当美枝子被介绍给他的时候，他心中的这种意识尤为强烈。

“我叫吉川美枝子。”

触到那只伸到他面前的手时，他不由得战栗了一下，同时眼前一阵眩晕。泰子像是要掩盖他的失态似的说道：“婶婶，轻部刚才说他身体不舒服，所以，我想，我们还是先回去吧。”

“是吗？”道子遗憾地叹了口气。

美枝子目送着一行人离开剧场的背影，看上去似乎感慨颇深。“哎，多么俊美的青年啊。”美枝子小声地自言自语道，“可是，可是，多么黯淡的阴影……”

道子和轻部芳次郎、泰子和川路三郎分别坐进了两辆汽车。当汽车驶过护城河时，川路三郎悄声在泰子耳边说道：“泰子，你知道我们今天在剧场里被一个奇怪的男人跟踪了吗？”

“什么？我不知道。”泰子吃惊地转头看着川路三郎。她刚才一直在想吉川夫人的事。最近，她时常感到心理失衡，至于为什么，她自己也不清楚。

川路三郎犹豫了一阵，不知道该说还是不该说。此处的道路正在施工，汽车颠簸猛烈，两个人几乎要撞到一起。

“你说的那个奇怪男人，是怎么回事？”片刻之后，泰子开口问道。

“不，他也没干什么，但我总觉得他是在监视我们。”

“是个什么样的人？”

“四十岁左右，身体比较瘦，眼睛却很大。嗯，他就坐在我们后面两三排最边上的位子。”

“我可一点儿也没注意到。可是，他为什么……”她正想说什么，却忽然吃了一惊，说不出话来了。

这个时候，一辆朝他们驶来的汽车与他们擦肩而过，车里面有个男子正探出上半身看过来，好像正是刚才川路三郎描述的那个人。仔细一想，她倒也记得确实在剧场里碰见过他几回。

“快看！”正当泰子想对川路说些什么的时候，车窗玻璃咔嚓一声被击碎了。一个卷着纸片的物体擦过川路的脸颊落到了车里。

司机闻声踩下了刹车，就在这时，刚才迎面驶过的那辆车唰地从后面超了过去，转眼间便消失不见。

“没出什么事吧？”

“嗯,没事。赶紧追上前面那辆车。”川路一边捡起落到车里的东西，一边说道。他把纸条看完，一言不发地交给了泰子。

轻部芳次郎啊

我在这里给你个警告，你还有两年性命。

“哎呀！”泰子像是受到冲击似的抖了一下肩。“说起来，他被我们收养的日子，正好是去年的今天。”泰子望着幽暗的天空说道。

朝川路他们坐的汽车里扔进一张奇怪纸条的那个男子乘着车，驶进麹町的一个大宅院里，消失不见了。

附近便是远近闻名的石榴宅院——江川侯爵的家。每到六月份，这所宅院里会开满石榴花。常言道，开石榴花的宅院不吉祥。这所宅院光是看看就令人感觉带着不祥的阴影。

这所宅院很宽阔，数町[①]见方，里面的建筑疏疏落落，几处冷清的灯火闪烁其中。一到晚上，这里还听得见猫头鹰的叫声。不光是猫头鹰，这所宅院里的树丛已经成了各色鸟儿的巢穴，这在东京是出了名的。

江川侯爵已经年近六十，年轻的时候曾出入政界，十分风光活跃，但是到了四十岁左右时，忽然令人不解地过起了隐居生活。他至今未娶，死后将由亲戚铃木伯爵的次子继承家产。但是他并不喜欢铃木一家，也不喜欢那个继承人。他身上有种孤独而排他的厌人怪癖，这怪癖的原因谁都不明白，它只是秘藏和压抑在侯爵心中，变成一团熊熊燃烧的烈焰。

侯爵正一面听着猫头鹰的叫声，一面沉浸在一本外文书里。这是一本十八世纪发行于法国的有关毒草学的文献。详细说来，除了这本书，侯爵的书斋里还摆放了大量毒药学文献。

侯爵的毒药研究——认识他的人对此一定都会产生一种奇怪的感觉。除此之外，他还喜欢看一些有名的罪犯传记以及一些穷凶极恶的复仇者的记述。每当他沉醉于这些读物时，燃烧在他体内的烈焰就会燃烧得更旺。

时钟敲过十点的时候，有人咚咚地敲响了侯爵房间的门。

“深田吗？”侯爵放下书，像只鹤一样站起身，尖锐的目光投向房门。

“是的，主人。”

“进来，我正等着你呢。”

深田悄悄地打开门，走了进来。这不是别人，正是刚才朝川路的

①面积单位，1 町相当于 10 反，约为 1 公顷。

汽车扔进一张奇怪纸条的男子。他小心地关上门，像只猫似的悄声走在地板上。他和侯爵一样身体瘦削，眼睛如狡猃的野兽一样闪闪发光。

“事情办得怎么样了？”侯爵不等深田坐到椅子上，便迫不及待地问他。

“从头到尾都很顺利。”

“那么，纸条你也确定交给他们了？”

“是的。”

“他是什么表情？”

“我是在两辆车交错的时候扔进去的，没看到后面是什么情况。”

“是吗？不过这也无所谓了。”侯爵闭上眼睛，一时看上去有些苦恼。

从不远处传来一声裂帛般的鸟叫。

“那……他现在怎么样了？一定变了很多吧？”侯爵好像很怕听见对方的近况，小心翼翼地低声问道。

“变了很多，他现在是玉树临风。”

“是吧？像他那样天生英俊的人可是世上少有啊。他一定变成了个美男子吧？”

“是的，说剧场里的视线全都集中到了他身上也不为过。再加上——”深田继续说道，“大家已经通过报纸得知了他那些离奇的经历，他因此更加成为了众人话题的中心人物……”

“很好，很好，明白了。那么，他在剧场有没有跟谁说过话？”

“说了。他只跟一个人，也就是吉川夫人打过招呼。”

“什么？”侯爵忽然从椅子上跳了起来，仿佛什么东西从椅子下面扎痛了他。“美枝子……他和美枝子打招呼了？”

"是的，打声招呼后，他几乎要晕倒过去。"

"和美枝子，和美枝子……那美枝子是什么反应？"侯爵一下子乱了方寸，喘着气向深田探出身。

"夫人等到他们离开剧场之后，还目送了一阵子，好像还感慨颇深地小声说了些什么。"

侯爵脸上血色顿失，似乎在深深地担忧什么，心神不宁。他转向深田，斥责般地命令道："下去吧！"

在剧场见到吉川伯爵夫人之后两三天，轻部芳次郎微微有些发烧，他把自己关在了屋子里。照顾他的人主要是博士夫人道子。她现在已经完全成为了轻部芳次郎的俘虏。如果她有个亲生儿子，也未见得能照顾得如此殷勤。乍一看，她仿佛就是个服侍任性主人的奴隶。

与之相反，泰子这两三天来却不知为何，对轻部的态度忽然疏远起来。虽然她每天也必到他的房间里去一趟，可那看上去似乎更像是例行公事，显得十分冷淡。即便是轻部主动说些亲昵的话，她也心不在焉。

她是在想着川路吧——想到这里，轻部觉得有些嫉妒。他身上强烈地带着一种孩子般的任性，总希望所有的女人都把他当成唯一关心的人。

他站在一间日光浴室般光照充足的玻璃房间的一角，拉一把藤椅到近旁，呆呆地望着杂司谷。他身披一件宽松的睡衣，手中夹着一支气味浓郁的埃及香烟，紫色的烟雾正慢悠悠地升腾上来。仅仅一年时间，他就对这种东西有了嗜好，这是何等迅猛的进步。这一方面说明他生来具有奢侈的习惯；另一方面则说明，道子对他有着偏执狂般的溺爱。

门开了，道子掩饰不住内心的欢喜，满脸笑容地走了进来。“你在想什么呢？”道子故意扮出纯洁少女的姿态，朝他走了过去。

“没，没什么。”轻部仍然面向窗外，冷冷地答了一句，接着马上问道，“泰子呢？”

“现在正和川路在一起。”

轻部有些不高兴，喃喃道：“泰子和川路什么时候结婚？”

“什么时候结婚嘛——-什么时候不都一样吗？倒是我有件好事要告诉你。”道子像个孩子似的说道，“上次在帝国剧场见到的那位吉川夫人给我们下请柬了。她邀请我们下个星期天务必参加日比谷的义卖会。你也要去。”

“我吗？”轻部无聊地伸了个懒腰，“我可不太想去那种地方。”

“不行，不行，夫人肯定最希望你去了。”道子看着轻部俊美的侧脸，饶有意味地说道。

“大家都会去吗？”

“是啊，是啊，都去。不过老头子总是那副样子，去不了，其他人都去呢。”

他本想再问问川路是否会去，终于还是忍住了。既然说的是大家，那川路肯定也会一起去——轻部感到有些忧伤。

“怎么样，你去吗？

“好的……我就陪你们去吧。”

“就这么说定了哦。”

接着，道子把嘴巴凑到轻部的耳边悄悄说了些什么，然后像男人一样发出了一阵粗鲁的笑声。

"你叔叔呢？"泰子和川路在温室里遇见了。泰子正在打理大棚里的鲜花，这是她每天早上的必修课。川路早就知道此事，故意绕远路到了这里。

"在房间里。"泰子朝他一低头，勉强做出笑容，接着一言不发地朝花盆里浇起水来。小水滴连成一串，在阳光的照射下反射出一道七色彩虹，四散开来。

川路想再说些什么，向前走了一步，又止住了，转身朝屋子走了过去。

伴随着脚步声渐渐远去，泰子感到一阵压抑和后悔紧紧压在胸口。这是怎么了？她自己也不清楚。她依然爱着川路，从未变心。可是两人之间不知何时开始出现了一些隔阂。这些隔阂产生于不经意的时候，而若置之不理就会渐渐膨胀，现在局面终于无法挽回了。泰子伤心地叹了口气，用力摇摇头。

就在这时，她听到身后有人在叫她。

"泰子。"

不用回头，泰子也知道这是谁的声音。等她回过神来，洒水壶的喷头不知何时扑了个空，淋得她脚下到处是水，令她十分狼狈。

"泰子。"又朝她喊过一声之后，轻部走进了温室。

泰子一言不发地朝他看去。她心想，在这里一言不发反倒显得不自然，可一旦开口说话，她平静下来的心又会被搅乱。她预感到一件不好的事情即将发生。

"啊，你不觉得这花的香味很浓吗？"轻部故作轻松地说道，还皱起了眉。穿透玻璃射进来的阳光像水银灯，把他的脸照得亮闪闪的。

或许是大棚里蒸腾起来的空气让他皮肤充血，只见他脸颊上泛着红光，嘴唇像石榴一样鲜艳。“川路呢？刚才好像还在这里。”

“他到叔叔的房间里去了。”

“怎么了，他干吗不留在这里……呀，这种红花叫什么名字？”

“不好意思，我先走了。”

“啊，等等！”泰子正准备出去的时候，轻部拦在了她面前。

泰子盯着他的眼睛看了一下，随即就把目光移开了。

“你在这儿多陪我一会儿吧，求你了。”

泰子没有回答。刚才被他叫住的时候，她的心还在紧张动摇，现在她已经放平了心态。随便你说什么，我都不怕了，我已经做好了准备——泰子暗忖道。

“你这段时间都没怎么到我房间里来。是遇到什么烦心事了吗？”

“没有……只是这段时间比较忙罢了。”泰子脸转向外侧，盛开在她身旁的豌豆花浓烈的香味扑鼻而来。

“你不来找我，我觉得孤单得不得了。”

“可是，你的病不是已经好了吗？而且……”

“而且？”

“而且你也不是小孩子了！”泰子甩下这句话，匆匆离开了大棚。

轻部的脸色变得苍白，他感觉自己忽然从悬崖边坠落，脑子里天旋地转。

“你也不是小孩子了！”

这句话像蒸汽泵鸣笛一样回响在他耳边。还有比这更让人受打击的侮辱吗？耻辱和愤怒让他的眼睛感到眩晕。

确实，他被当成婴儿备受呵护时产生的那种任性，现在还牢牢地植根在他心底。可是，她把话说得这么绝，心里又是怎样想的呢？她的善意难道只是出于同情吗？或者说她是在暗示自己，既然已经长大成人，就应该离开这个家，这才是正途？

“轻部，你在干什么呢？”道子进来了，依旧一副肥猪相。

轻部感到一阵厌恶。

“你刚才和泰子聊天了？都聊了些什么？”

“没什么，只是问了些花的名字罢了。”轻部没好气地答道。

“是吗？可是不对呀，你脸色有些不太好。”

“没事，没什么。我回去了。”轻部快步走出了温室。

恰逢天公作美，日比谷的义卖会变成了一次盛大的集会。

义卖会的发起人之一吉川美枝子照例被一群人包围住，站在帐篷搭成的咖啡厅门口。今天她身着整洁的淡紫色和服，束一条绘了水墨画的白缎带，脚上穿着毛毡草鞋。这一身毫无矫饰的装扮，看上去比之前在帝国剧场时秀美得多。

“正，你看，那几个人让你等得不耐烦了吧？”美枝子朝离她稍远的一个青年说道，并用手上的扇子指了指前面。

“是啊，我刚才也注意到了，可他们东走西绕就不来这边，我都心急了。”

“刚才我就觉得你莫名其妙地着急，原来是因为这事。哥，你说的是谁？”一个十六岁左右天真无邪的女孩站在正的对面，一脸纯真地问道。

“你看，就是站在那边玩具店前面的四个人，两男两女，都很年轻。哎呀，他们好像看到我们了，现在正往这边走过来呢。”

正显得有些窘迫，伸手摸了摸领带。

“夫人，您在这里呀。今天又是个大晴天，一切都很顺利呢。”道子喘着气，快步走向美枝子。

“是啊，托您的福，今天大家都来了，真是谢谢大家。哎呀，泰子小姐买了一堆东西呢。”

“是啊。”泰子轻轻低头行礼，抬头的时候偷偷瞥了轻部一眼。轻部只是呆呆地看着前面。

“也欢迎川路先生和轻部先生。轻部先生的身体怎么样了？”

“谢谢，已经没事了。”轻部了无趣味地答道。

美枝子看上去有些失望，但马上就换回了一副笑容：“对了，泰子小姐，有个人刚才等你们都等急了。正，我来介绍一下。”

正有些不好意思，摆弄了一下手杖的把手。

“这是我的表弟，铃木伯爵的二儿子正。正说他已经很熟悉泰子小姐了。”

“不，没这事，我只是……”正的脸色都青了，低头行了个礼。

“哎呀，这么一说，我也很熟悉川路先生了。”这时候，站在正身旁的那个少女惊叫道。

“嗯？为什么？”

美枝子正要回头看去，川路说道：“是啊，说起来……”

“哎呀，真是的。你都忘了吗？我以前上过你的网球课。”

“对对，是这么回事。真不好意思。”

“哎呀哎呀，大家都相互认识，那我也不用多说了。这是正的妹妹，叫春美，请你们多关照。”

这番对话进行的时候，轻部始终不快，一语不发地站在那里。他好像被忽视了，感觉自尊心受到了很大的伤害。无论是美枝子、泰子、川路，还是那个叫正的青年，他们一个个真是太讨厌了。他们得意于廉价的自我满足和自我吹嘘。伯爵夫人、伯爵的次子、网球，荒唐透顶。真巴不得他们立刻消失。

这时，美枝子的手忽然触到了他的胳膊。“来吧，来喝杯茶吧。”美枝子在他耳边轻轻说道。

轻部唰的一下回过神来。

泰子和正、春美和川路、美枝子和轻部，分别组成三对走进了旁边的咖啡厅，只留下道子慢腾腾地跟在后面。

“您刚才说认识我，对吧？您是什么意思？”泰子和正并排坐下，因为找不到其他话题，只好问了这个。

“不，没别的什么意思。就是有点……”

正一脸尴尬地想继续说下去时，旁边的春美马上接过话茬：“他骗你的。我哥呀，只是在一本妇女杂志的卷首插图上见过你，他还把插图剪下来了——”

“笨蛋，快别说了。”正慌忙否认。

泰子心里后悔：真不该问这个。

“不说这个了，您叔叔最近研究什么呢？”正无法把刚才的话接下去，只好问起此事。

“这……他研究些什么，我可一点儿也不知道。”

“前几天我在报纸上看到了，听说是个大研究，一旦成功就会给人类带来巨大的好处。”正对泰子极度冷淡的态度感到失望，但还是接着说了下去，“我叔叔也是个怪人，研究的净是些毒药。他是个侯爵，要是人家知道侯爵有个毒药研究所，一定会轰动吧。”

话说到一半，正忽然停住了。几乎与此同时，美枝子从座位上站了起来。大家一齐把目光转向门口，只见江川侯爵站在那里，身上一件披风裹得严严实实，简直就像从魔鬼的国度走来的使者一样。

“叔叔……”美枝子声音沙哑地说道。

侯爵根本没有搭理她的意思，尖锐的目光死死地盯着轻部。“美枝子，你过来一下。”

大家闻言顿时感到一阵秋霜般的寒意。

“正、春美，你们也过来。”

被叫住的几个人几乎没有回答的力气，走到了侯爵身边。侯爵顺次看了看轻部、道子和川路，看见泰子后眼神立刻回到了轻部脸上。接着他又看了一眼泰子。

“可怜的人啊，你们已经深陷泥沼了！”他说完这句话，便头也不回地匆匆离开了。

漫长而阴沉的梅雨季节一过，整个世界忽然明亮了起来。阳光照出了夏天的影子，庭院里的树木不知不觉间令人惊异地长大了许多，繁茂的枝杈间织出了复杂的明暗色调。

这是一个清爽明媚的早晨。

美枝子刚刚睡醒，浑身放松地躺在透明的浴缸里，闻着肆意飘来的香气，身心全都沉醉其中。她此时什么都没想。虽说如此，这样的早晨似乎通常预示着好事即将发生，她只觉得心窝里微微涌上来一丝甘甜。

她在浴缸里尽情舒展四肢，忽然像个小姑娘似的发出一阵窃笑。细腻而柔滑的肌肤在绿色的洗澡水下面像鱼鳞一样闪闪发亮。她像美人鱼那样蜷曲起四肢，对着自己的身体凝视了片刻，最后百无聊赖地轻轻伸了个懒腰。

漫长的梅雨季节一过，耀眼的夏天似乎就像约定好了一样，很快就把美枝子从忧郁中解放出来，真正有意义的生活也似乎即将开启。

吉川夫人的生活表面上令人羡慕，事实却并非如此。结婚后，她和丈夫共同生活的日子实在屈指可数。结婚前，她的丈夫就作为巴黎公使馆的武官被派往国外，回国和她举行过结婚典礼后，在国内不到三个月就返回了任职驻地——只有他一个人。

去年，在亲友的劝说下，美枝子追随丈夫到过一次巴黎。可即便在那儿，她也未能摸清丈夫的心思。在巴黎的半年，他们住在不同的地方，每周只见一两次面。后来，丈夫提议两人一起回国，但这终归不过是把她支回国内的一个手段。回国之后，丈夫马上找到理由，又返回了巴黎。

美枝子已经对这段婚姻自暴自弃了。她很清楚，丈夫在巴黎有一个情妇，但她不打算告诉任何人……

“江川侯爵来了。”浴室窗外传来了女佣的声音。美枝子闻言蓦地回过神，不由得坐了起来。

“叔叔来了？”她一阵惊慌，好像看到了不好的事。

“刚到。”

叔叔这个怪人这段时间究竟是怎么回事？她记得这两三年来，一直都没见过他的面。不光是她，其他的亲戚基本上也都这样。可如今，叔叔的影子总是追在自己身后，这究竟是怎么回事？

她并不是讨厌叔叔。他虽然有厌恶他人的怪癖，可或许出于无心，却对美枝子相当温和关爱。即便如此，每当她看见叔叔时，身体总有种要打冷战的感觉。这种难以名状的寒冷感，就好比长时间迷失在一片不见天日的荒原中。

“唉，一大早就搭上了他……”美枝子轻轻叹了口气，别无他法，只好穿上衣服，走进了叔叔正在等她的房间。

江川侯爵和上次在义卖会的时候一样，从头到脚一身黑色打扮。他没有坐在椅子上，而是站在房间中央。

美枝子轻轻地点头行礼，走进了房间。他朝美枝子瞥了一眼，像是晃了眼似的马上把目光移开了。

“您早，请坐吧。”

“不必了。”侯爵急躁地打断了她，接着说道，“我没这闲工夫，只是过来一下。”

“唉，可是您好不容易来了，我还是给您倒杯茶吧。叔叔大驾光临，可是件稀罕事。”美枝子巧妙地周旋着，用一种幽怨的目光抬头看侯爵的脸。侯爵目光锐利地看了看美枝子，不知为何，他好像很不耐烦，咯吱咯吱地掰响了手指。

“美枝子。”

“什么？”

侯爵想说些什么，可又把话吞了下去。

某处，一只黄莺悠闲地叫了起来。

美枝子心里一阵紧张，等着叔叔接下来的话。

“今天，我找你来说点事。”

“是。”美枝子顺从地答道。叔叔的口吻出人意料地稳重，她感到有些扫兴。

“你能不能和篠山一家暂时断绝来往？”

“我？为什么？”

“你就别问原因了。”

美枝子沉默了，轻轻地咬住嘴唇。

“总有一天你会明白的，我现在不能告诉你。你只管照我说的做，暂时和那家人断绝来往就行了。”

“我不愿照办。”美枝子忽然抬起头，态度坚决地说道。

“不愿意？”侯爵的眼睛闪闪发亮。

“是的，我不愿意。虽然我至今都没有和篠山先生有过太深的交往，可您这么一说，我反倒不愿意了。如果有什么特别的原因，那倒另当别论，可如果只是因为叔叔您这莫名其妙的毛病，而让我去拒绝别人，我办不到。”

见美枝子的态度有些强硬，侯爵口气稍稍软了下来，似乎想平息美枝子的怒气：“不，这可不是因为我莫名其妙的毛病，我有充足的理由。要是我说出来，你一定会二话不说地赞成。”

“那您说说吧。”

“不，我刚才也说过了，这个理由，我暂时不能告诉你。”

“那就没有办法了，我也只好拒绝您。”

侯爵沉默了。他坐立不安，在房间里走来走去。侯爵那又高又瘦的身子每移动一下，就发出一阵令人毛骨悚然的声音，听起来像是骨头相互摩擦的声响——他正咬着牙齿。“美枝子……”侯爵忽然站住了，猛地朝美枝子一回头，“这是你该对我说的话吗？”

“我也没有办法。您为什么这么讨厌轻部先生呢？我不明白……”

“轻部？”这似乎命中了侯爵的要害，他吃了一惊。

“是啊，我已经知道了。您之前就认识轻部吧？”

“嗯，认识！”侯爵无意地说出口后，马上意识到了自己的失言。

“咦？您认识？”被美枝子吃惊地一反问，侯爵感到十分难堪。

“不……”

正当侯爵准备搪塞过去时，美枝子又追问道：“轻部有一段不同寻常的身世，现在大家都知道了。可是，叔叔居然和他有关系，我从来都不知道。”

“不对不对，”侯爵伸出一只手，仿佛要止住美枝子的好奇心，“你这么理解就不对了，我对他的过去也是一无所知，可我就是觉得那个人不对劲。你想想他的眼睛吧，那是一双会把人拖进祸水的眼睛。你再想想他的嘴唇，那是一对会吸走别人幸福的嘴唇。我可是，我可是……”

侯爵的话忽然止住了。他双眼恐惧而惊愕地睁着，脚步停在房间的一角。美枝子顺着他的视线看过去，忍不住倒吸了口气。

难以置信的事情发生了。

“轻部！”美枝子做出一个游泳的姿势，朝对面喊道。

只见轻部芳次郎像幽灵一样站在一把大安乐椅对面。

“你，你为什么到这里来？”

轻部一言不发，眼冒火光，死死盯着侯爵。他板起的脸像一块石头，更谈不上有半点血色。一股尖锐而带着恶意的眼神强烈地投射在了侯爵身上。侯爵也像是看见了美杜莎，瞬间变成了石块。

“我，我……”轻部的说话声如被碾压过一般，“我还记得。我还记得你的样子，我还记得你的声音。就是你，是你把我囚禁在那间可怕的死牢里！”

轻部用他细长的手指指着侯爵。

侯爵摇摇晃晃，不由得就要向后倒下，最终一把抓在椅子上才撑起了身子。

轻部芳次郎——二十年间一直被关在冰冷而黑暗的房间里，现在清清楚楚地看到了那个每日朝夕一言不发地将硬面包和冷水送给他的蒙面人。

“我想知道为什么，不，我一定要知道！你把我的青春夺走了，不，你连我幼年时代的梦想都夺走了。哼，还有比这更残酷的惩罚吗？我想知道为什么！”

江川侯爵此时就像一只被蛇盯住的青蛙，半点动弹不得。美枝子看见侯爵的额头湿漉漉的，汗珠正一粒接一粒地滚落下来。

她现在已经窥探到这骇人听闻的真相的只鳞片羽了。如果轻部芳次郎所说当真，那这是件多么令人毛骨悚然的事啊。侯爵，也就是她叔叔，是这个广为人知的阴谋的主谋吗？

侯爵的架势又恢复了过来。他仿佛要解除轻部施在他身上的魔术似的身子一震，用冰冷而嘶哑的声音说道：“也罢，你要做什么梦，想知道什么东西，我统统都会告诉你。我并不打算阻拦你，但你知道真相的那天，就是你生命终结的时候。美枝子！”侯爵回头看着她，“你最好不要把他的话当真，还有，我对你说的话，你一定要好好记住！”

侯爵甩下这番话，匆忙走出了房间。

美枝子本想追出去，一转念又在房间里站住了。

轻部眼看着好像要倒下去。

“轻部！”她担忧地低声唤着他。

轻部踉踉跄跄，颓丧地倒在了安乐椅上。

这时，铃木正等人纷纷进了屋。正和春美、泰子和川路两两走在一起。

“姐姐，发生什么事了？刚才我看见叔叔了。”春美问道。

大家看着这情状，马上就明白应该出事了。

“哎呀，你们大家都来了。”美枝子马上恢复了和蔼可亲的样子，善后似的转移话题，说道：“你们是什么时候来的？我可一点儿都没察觉。”

“我们是在上野的展览会上碰到的，然后就把他们强拉到这里来了。怕姐姐还在睡觉，所以先到院子里走了走。轻部刚才说有些不舒服，就让他在这里等我们了。”

“哦，是吗。”她点点头，又跟川路和泰子打了个招呼。

“轻部好像有些累了，暂时还是让他在这里安静一会儿吧。”

泰子一言不发地看着轻部的手，却根本不想靠近他。

“叔叔为什么来这里？”正问道。

“没，没什么事。”美枝子笑着说道。

当天晚上，美枝子像尊石像一样坐在宅院深处的一间屋子里，深思着一些事情。她面前摊开一本书，然而一个字也没看进去。忽然，她想起什么似的看了一下钟，已经过八点了。

“还没到吗？”她站起来掀开窗帘。

这时，女佣进来了。“深田先生来了。”

“哦，好的。”她显得迫不及待，“快让他到这儿来。”她对着镜子摆弄了一下头发。

江川侯爵的仆人深田迈着猫一样的脚步，悄悄走了进来。“您突然把我叫过来，有什么事吗？”深田用他毫无感情的笑容掩盖住石雕般的脸，僵硬地弯腰行礼。

美枝子很讨厌这个人。她至今都想不明白，如此招人嫌的男仆怎么就入了她叔叔的法眼。

但今天是个例外，她必须利用他一番。“嗯，你先坐下吧。”美枝子尽量不把视线投在他身上，冷冷地说道，“有件事，我想，问问你应该就明白了。你到我叔叔家已经多少年了？”

“啊，算起来应该有二十五六年了吧。主人关照我进他家的时候，我十八岁。”

“是吗？这年月可真够长的呢。这么说，你应该对我叔叔的事大致了解吧？”

“您说的是什么事？”

美枝子不说话了。她仿佛看到了一道从深田面前晃过的影子。“你知道轻部芳次郎这个名字吗？”

“我知道。您说的就是那个轰动一时，让大家都觉得不可思议的轻部芳次郎吧？”

“没错，可是，你应该在更早之前就知道那个人了。”

深田眯起眼笑了起来，但马上收起笑容，变回了那张板结的脸。

“我问你是有原因的，你应该也明白。我想问问轻部过去的一些情况。所以，必须要你帮个忙——你不是想要钱吗？”美枝子紧紧地盯着他。

天下着雨，虽说才七月末，天气却分外地冷。

“先生，要拿件棉睡衣来吗？”女佣问道。

“不要，不要。”芳次郎不耐烦地支走了女佣。他此时裸身披着一件浴衣，恣意躺在一席新榻榻米上。

不知为何，他心里像是訇然开了一个大洞，疲乏无力。他并不愿去想什么，也无法想什么事情，只感到全身疲惫。这一切仿佛不是真实的，而是梦里的。每当他想伸手去抓，所有的东西都像雾霭一样，唰地逃向了别处。

芳次郎一只手捋起一绺绺垂到额头上湿漉漉的头发，头枕着另一只手，呆呆地看着挂在门楣上的匾额。祥云瑞光——“这是祥云瑞光吗？”芳次郎百无聊赖地小声自语道。这时，美枝子回来了。

“啊，我快累死了。”美枝子无力地说道。她朝芳次郎瞥了一眼，马上又把目光移开了，转身坐在了梳妆台前。

“热水澡是挺好，就是上下楼梯太累了。”她摸了摸充血的脸颊，对着镜中的芳次郎喃喃道。

芳次郎则一脸不快地沉默着，依旧躺在那里，眼望庭院。

“你不去泡个澡吗？”

“不去了，我不想去。”

“为什么？虽然上下楼梯很烦人，可泡个澡心情很好呀。”

芳次郎没有回答她。

“是吗？既然你不想去，那也没办法了。”美枝子像在自言自语，对着镜子匆匆化起妆来。

美枝子尽力不去考虑现在的状况。这状况让人害怕，一旦考虑起来，她一定要后悔。虽说如此，这事态也是不遂人愿、自然而然的结果。无论谁怎么说，这都是无可挽回的事。

“夫人。”芳次郎忽然说道。

“什么？”美枝子有些狼狈地回应道，转头看着他。

轻部却什么也不说了。

美枝子也不明白自己此时的心情。

“不要和轻部走得太近！”面对叔叔的这一警告，一种反抗心理确实助长了她的勇气，但她并不愿意全部归因于此。从在帝国剧场的走廊里看见芳次郎的第一眼起，她就有了一种预感，这预感如今变成了现实。她忠实地顺从了自己的命运——即便如此，这次的行动的确十分疯狂。她自己也承认这一点。

当时她一定不正常。和之前一样，她收到了一封叔叔寄来的警告信，告诫她不要和篠山一家特别是轻部芳次郎有太深的交往。在此之前，叔叔还寄来过两三次同样的信。按照一贯的做法，她会对谜语一样的信付之一笑。

但是那一天，她的想法猛烈地动摇了。不知她当时在想什么，忽然匆匆打扮了一下，坐车到上野站，在那里给芳次郎打了电话。她脑中没有任何反省和思考，只感到胸中有一团东西在熊熊燃烧。

把芳次郎叫出来之前，她并没有考虑好要去哪里，但已经买到了两张去往盐原的车票。

“你在想什么呢？”美枝子终于化好了妆，转头向芳次郎看去，语气轻佻做作地问道。

“我没想什么。”

“是在后悔吧？”

“我吗？”

“是啊，想泰子了？”美枝子忽然笑出声来。笑声响彻在早晨安静的温泉旅馆中，让人觉得有些恐惧。

“已经晚了，你已经是我的人了。不管你怎么挣扎，都为时已晚，为时已晚了！”最后这个词，仿佛是从美枝子嘴里迸发出来的。

“夫人。”芳次郎蓦地站了起来，转过身，面朝美枝子坐下。

“什么？”美枝子轻轻地答道。她看了一眼芳次郎的脸，不由得吓了一跳。

“我现在还不能理解我自己，而你，我也不了解。可是，可是这一点我却是一清二楚的：我并不爱你，而你对我也没有丝毫爱意。”

美枝子忽然笑了起来，“这又怎么样？事到如今，你说这些也于事无补了。”

“不，并非如此。我想清楚地知道你的想法。你并不爱我，却把我约了出来，对我来说，这就是把我拉向毁灭。”

“你这是什么意思？因为泰子？”

“是的，或许是这样，又或许不是。”

美枝子咬住嘴唇，转头看了一阵庭院里的雨势，目光忽然又转了过来：“既然你这么想知道我的想法，那告诉你也无妨。你知道自己是谁吗？”

“我？”

“是的。如果要形容的话，你就是条蛇，而且是条美艳的蛇。但你身上又带着致命的剧毒！”

“……”

“女人呢，就像飞虫一样，明知火已经烧到了身上，却还要往火里扑。正如你说的那样，我并不爱你，而且泰子也不爱你。可是，可是总有什么东西拉着我这么做。你就是一条令人害怕的毒蛇。”

“所以，你终究还是像玩火一样，把我约出来了，是吗？”

“或许是吧。”

“而且你明知这对我意味着毁灭……”

“请不要再说了。你难道不也是这样的处境吗？你现在恨着我，可你束手无策。从现在开始，我们将相互憎恨，又无法离开对方，就像故意去碰自己的伤疤一样……”美枝子再次高声笑了起来。

雨势霎时间变得猛烈了，雨帘已经将庭院团团围住。

夜晚到来。雨水依旧拍打着庭院里的树木。昨夜让两人彻夜未眠的溪流声因下雨涨水而声势变大，溪水势头更猛地在岩石上击出了声音。

自那件事以来，美枝子和芳次郎再也没说过一句话，相互之间生出的恨意让他们目露凶光，固执地保持着沉默。即便如此，两人却都执意不提回去的事。某种让他们束手无策的东西站在他们身后，压向他们。这是一层黑暗、冰冷而又恐怖的阴影。越是挣扎，这层阴影就越是嘲讽般地紧紧笼罩住两个人。

芳次郎脑中有时瞬间浮现出泰子的面容，他立刻能感受到希望，可下一刻，又被扔进了一片可怕的绝望深渊。

事到如今，他已经无法再回到篠山家中了。这该如何是好？过去他对生活一无所知，根本不曾考虑过这样的问题。如今离开了泰子的家，还有那间如日光浴室一样明亮的房间，他该怎么活下去？想到这里，他更是打心底里憎恨这个将一切从自己身边夺走的美枝子。

“恶魔！”

“什么？”美枝子回头诘问道。

“我说你是个恶魔。”

“是吗？随你怎么说好了。现在我们还是休息吧。”这时，美枝子的眼睛完全被一种特别的热情光辉笼罩了起来。

正当美枝子和芳次郎对峙的时候，身处东京的江川侯爵正在宅院深处的一间房里发疯似的来回转圈。

美枝子与芳次郎一同销声匿迹的事，对他而言可谓是个巨大的打击。虽说他有厌恶他人的怪癖，却唯独对美枝子一直关爱有加。美枝子好胜心强，而且带着一丝妖艳的气质，这都让他喜欢。要是美枝子和芳次郎之间发生了什么，啊，这样一来，美枝子将身败名裂，而他自己也……

为什么当初自己不向美枝子坦白芳次郎的身世？要是当初这么做了，美枝子也不至于做出这样不顾后果的举动。

如果在发生了他不希望发生的事之后，美枝子又知道了芳次郎的身世，她会怎么做？恐怕她将在这世上无立足之地。她一定会自杀。二十年前，恰恰也发生了同样的事情。而他为了当时那个自杀的女人，不，应该说是为了眼看着那女人自杀的自己，发誓要向设下圈套的男人复仇。

但是结果如何？

如果美枝子身上发生了不该发生的事，自己岂不是彻彻底底地输掉了？

"混账！混账！混账！"他把牙齿咬得咯咯响，"是啊！就是他！他就算死了也还在竭尽全力和我作对。"

侯爵好像忽然想起了什么，打开书柜，窸窸窣窣地在里面搅弄了一阵，最后找出了一张略显旧色的照片。照片上是一个二十五六岁、美貌出众的青年。这张照片看上去经历了相当长的岁月，上面的色彩已经褪得差不多了。

令人不可思议的是，仔细看看这张照片，就会发现照片中的那个人长相和轻部芳次郎有几分相似。眼睛、嘴巴和脸颊——是啊，这简直就是轻部芳次郎的翻版。

侯爵对着照片看了一阵，忽然像是见到了什么可怕的东西似的，将照片扔到了桌子上。

“混账！混账！你这混账休想嘲笑我！你以为我现在无能为力了吧。可是，听着，泽野，我可不是吃素的。你等着瞧，等着瞧，我会给你儿子一个重重的打击。看吧，那个秘密，只要凑到他耳边，把那个秘密的只言片语告诉他就足够了。那个人可是你儿子。那小子一定会发狂吧，不，他甚至会自杀。啊，啊，一想到那个情景，我那当年被你出卖的滚烫的心，就像冰镇过一样痛快。现在，我活着就是为了这个目的。为了这一点点乐趣，我养育了你儿子二十几年。这二十几年或许才能赎清你的罪孽吧。”

发狂得仿似神志不清的侯爵对着照片说话的同时，还不时发出令人毛骨悚然、如鸟叫般的笑声，响彻整个房间。

照片上的人与轻部芳次郎的关系，根据刚才侯爵所说，应该是父子。但是照片上的人与侯爵又是什么关系？轻部芳次郎那可怕的秘密是——

正当此时，侯爵房间的门被轻轻地叩响了。一开始，侯爵并没有察觉到，但敲门声一下子变响了，他这才猛地从癫狂状态中回过神来。

“谁？”他斥责般地用尖锐的声音问道。

“是我，主人。”

“啊，深田吗？”侯爵放下心来，“进来。”

门被打开了，侯爵藏起照片。深田用他一贯如猫一样的脚步走了进来。侯爵打量着他的脸。深田依然像戴了面具，脸上的皮肉一动也不动。

“你刚才一直在敲门吗？”

“没有……有什么事吗？”

“没有，没什么。美枝子的行踪呢？”

“还不清楚。”

“到底还是跟轻部在一起吗？”

“看样子是这样。”

“篠山家的情况呢？”

“十分慌乱。”

“是这样啊？”侯爵闭上眼睛思考了一会儿，然后想起了什么，“那个姑娘怎么样了？那个叫泰子的姑娘。”

“泰子，对了，那姑娘今天早上忽然离家出走了。”

“什么！”侯爵听了，诘问道，“那姑娘离家出走了？”

“是的。”

“是吗……”侯爵长叹一声：“果然也是为了轻部吧。”

“看上去没有其他的原因，应该是这样。”

“可怜啊，那一家子真是可怜。正如我所预言，那个男人身边缠绕着不幸的阴影。所以我事先就警告过他们了。”

深田一言不发。他已经习惯了，他知道侯爵不允许他提出任何问题。他已经彻底变成了侯爵的奴隶：舌头被割下，眼睛被挖空，连听觉也被剥夺了。正如历史上那些被夺走好奇心的黑人奴隶一样，在侯爵眼里，他几乎就是一台机器。无论发生什么事，他都不会吃惊，无论发生什么事，他的眉毛都不会动一下，连说话都像个机器人。

侯爵并不知道，表面如此的深田，内心却有着非常人能比的狡狯和阴谋，正强烈地在寻找一个发泄口。长年以来，他的狡狯和阴谋一直被压抑着，因此不断恶化、扭曲，成了一道丑恶得令人无法想象的阴影。

这道阴影会不会终有一天将侯爵出卖——谁都无法预料。

在地下餐厅吃过午饭，泰子在附近散了会儿步。到了上班时间，她来到电梯面前，准备前往五楼的事务所。

泰子已经完全适应了高楼大厦的生活。她穿着一身笔挺的西装，双手轻轻插进口袋里，一边用细长的鞋尖叩响地板，一边等着电梯下来。

乍看去，她已经不是从前的泰子了。她身上不再有从前无忧无虑、天真烂漫的样子，完全笼罩上了一种职业女性特有的沉着镇定。

一开始，她的少女气质让她觉得这样的生活很是寂寞难熬。而如今，她反倒觉得这是一种进步。她不需要为任何事烦恼，就这样独身一人……

电梯降下来了。男女数人乱哄哄地走了出来，泰子一边用眼神向其中的熟人打招呼，一边举止得体地走进了电梯。

泰子进去之后，有五六个男子跟着进了电梯。铁门咔嚓一声关上，电梯迅速地升了起来。

泰子和往常一样站在电梯的角落，目光笔直看向电梯门。将近半年的经验让她了解了那些咸猪手如何熟练地在电梯里工作。睁圆双眼、东张西望是不行的，而露出疲劳的样子靠在电梯上也会给他们可乘之机。

她必须自始至终都站直身子，尤其注意自己的眼神。耽于沉思的样子和烦恼迷茫的眼神几乎就是主动诱惑他们。

电梯到了三层，下去两个事务员模样的男子后，只剩下泰子和一个男子了。

“五层。”正当泰子想这么说的时候，男子抢先一步说了出来。

从这时开始，不知为何，泰子感到了一道刺痛身体的视线。那个男子正看着自己。凭借本能，她知道，这并不是随便看看，而是好奇而精密地检查她的脸形，他连头都不转一下。

他是谁？这个男子她好像见过。男子四十二三岁，体形瘦弱，有着一张狐狸般狡狯的脸庞。在什么地方见过，在什么地方……

然而在泰子想起来之前，电梯已经到了五层。

男子和泰子分开后，敲响了泰子所在事务所旁边的第三扇门。毛玻璃上写着“坂井三郎秘密侦探事务所”几个金字。门打开后，一个十八九岁的女职员探出脸来。

“坂井先生在吗？”

“在。您是深田先生吧，请稍等。”

这个男子就是深田，江川侯爵的秘书。他找秘密侦探有什么事？

片刻之后，深田被领进里面的房间。

“哎呀，欢迎光临，让您久等了。”说话的应该就是坂井三郎，他年龄三十五六岁，体态臃肿肥胖，双下巴。此人尤擅察言观色，当秘密侦探实在有点可惜。

“怎么样，有些进展了吗？”

“嗯，这个嘛，总之……”坂井故意慌慌张张地将桌子收拾一番，把一些文件放进抽屉，然后呼的一下把转椅转向深田。“总之，这毕竟是二十年前的事，所以调查进行得远没有想象中那么顺利。怎么样，来支烟吧？”

深田摇摇头。

“不抽吗……不过，苦心终究有回报，我总算找到了一些线索，但只是些线索而已。走到这一步已经是个很大的进展，之后的事差不多也有了眉目。”坂井全身要陷进椅子里似的，伸长腿，吐着烟圈，毫不松懈地观察深田的脸色。

“你说的线索是指……”深田的脸上一如往常地静如湖水，没有半点涟漪。

“就是这个。”坂井说着站起身，从抽屉里拿出一张照片。这正是那张江川侯爵咒骂的照片，上面的人酷似轻部芳次郎。深田究竟是如何把那张照片弄到手的？而他想拿那张照片干什么？

“拍摄这张照片的照相馆，被我找到了。”

“哦？”深田不由得轻轻发出一声惊叹。

“这毕竟是二十年前的事了，那家照相馆当年的老板也早就去世了，现在由他的儿子来接管。更何况，照相馆的名号和地址全都变了，光是找到这个地方就大费周折。”

“但是只要找到这家照相馆，就一定能找到账簿之类的记录，之后的情况马上就会一清二楚。”

“正是如此。现在我们正在调查，再过两三天就会有结果了。我想应该不成问题。”

谈话中断了片刻。

深田摆出一副思考的样子，忽然好像想起了什么，说道：“说起来，这边过去的第三个房间，那间事务所门上挂着芹泽洋行的牌子。那里有个二十岁左右的美女职员，你认识吗？”

“是川田泰子吧？她在这栋楼里很有口碑。她怎么了？”坂井狐疑地看着深田的脸。

“没什么，刚才我和她是坐同一趟电梯来的，就在分别的时候，她朝我打了个招呼，可我怎么也想不起来她是谁。川田泰子？看来应该是她认错人了吧。”

“是个绝世美女吧？她一直洁身自好。这栋楼里的男人们总是对她纠缠不休，可从没听说过她上了谁的钩。对大家来说，她可是可望而不可即啊。”说起这个话题的时候，坂井探过身来，油光锃亮的脸上显出猥琐的情欲。

“我想起来了，她应该住在小石川那边吧，我觉得在那儿见过她……”

“不，不是小石川，她住在涩谷的昭和公寓里。”坂井说完心里一惊，他感到自己被巧妙地套了话。

深田则还是老样子，眉毛动也不动一下。

昭和公寓。

川田泰子。

工作地点：丸内 ×× 大厦五层，芹泽洋行。

深田把这些信息牢牢地缝进了脑中。

这可真是意外的收获。或许这又会成为一颗赚钱的种子，轻部芳次郎必定想知道她在什么地方。但是轻部或许给不了多少钱。那就告诉美枝子吧。不，还是把这情报卖给正，因为泰子消失之后，正就忧郁得像是得了病……

深田早就盘算好了。

泰子是什么时候开始在那个地方工作的呢？大约五个月前，美枝子和轻部芳次郎一同藏在了盐原。与此同时，泰子离家出走了。但是泰子居然与他同在东京，而且还在丸内当了职员，这是深田做梦也没想到的。

她为什么离家出走？为什么要工作？这些问题深田怎么想也无法得到答案。

如今的女青年个个都行事鲁莽啊。他想起了美枝子。美枝子拜托他寻找轻部芳次郎原本的姓氏，从坂井刚才的那番话来看，应该马上就要查清楚了。想到这里，他又窃笑起来。

每当回到昭和公寓自己的房间时，泰子总是感到精疲力竭。开头那阵子，她觉得四肢都要散架，不过最近没那么累了。芹泽洋行经营的业务是从库页岛砍伐木材然后运到国内进行买卖。她的职责便是将进口报告记入账簿，有时还兼任打字员。这些工作理应不会把身体搞得这么累，只是她不得不一直对周围保持警惕，而这正是让她感到精疲力竭的原因。

四个月了。开始这种生活已经四个月了。现在想想，自己当初为什么要离家出走？回想当时的情景，她觉得一切都不像是真的。

毋庸置疑，轻部和美枝子私奔的事给了她很大的打击。但这又如何？他们是他们，我是我，我真有那么爱轻部吗——她对此感到怀疑。

那之后，她听说二人从盐原回来后便同居了，但并没怎么感到震动。有时报纸上会报道美枝子和轻部的传闻，这种社交界的丑闻已经不再让她感到冲击了。

泰子罕见地度过了一个难熬的夜晚，天终于亮了。她接连做了好几个梦，无论哪个梦都好像暗示着不祥，这让她感到心情沉重。她明白，正是昨天在电梯里遇到的那个男子，开启了这一夜的噩梦。

他是谁？应该在哪里见过吧？泰子心急着要回想起来，可是越心急，就越想不起来。“我一定是有些不太对劲，怎么老是挂记着这样的事情？”泰子起床换好衣服，下楼去了餐厅。

她吃完饭回到房间，收拾东西准备上班时，前台打电话过来。“川田小姐，有客人找您。让他在接待室等，还是带到您房间去？”

“客人？他叫什么？”

“铃木先生，铃木正。”

铃木正？泰子一时没想起来。同事铃木，不可能来访，况且名字也不对。

“那就请让他在接待室等吧。我马上过去。”

泰子打扮好，走进了接待室。她不由得吓了一跳。客人究竟是谁，她这才明白过来。

正一看见泰子，羞涩地低下了头。

“欢迎欢迎，有一阵子不见了。”泰子终于从震惊中回过神来，声音沙哑地说道。

正则一言不发，身子缩了起来。

“我马上就要去上班了，你陪我一起走到那儿去吧。”

正一声不响地摘下帽子。

小阳春的天气，暖烘烘的阳光把白色的路面照得微微发热。两人并肩走着，一时间什么话也没说。

“你是怎么知道我的住处的？”

“我听深田说的。”

“深田？”

“我叔叔——你知道吧？江川侯爵，深田是他的仆人。昨天他在××大厦见到了你。”

啊！原来如此！泰子这才回想了起来。就是那个人，就是他，在泰子坐车经过护城河与他相向而过时，把一张奇怪的纸条扔进了她的车里。她感到一阵寒意。

“你是什么时候去的那里？”

“已经有五个月了。”

两个人再次沉默。终于，他们来到了泰子平时乘车的公交站。

“我能经常来看你吗？”

“嗯，一定要来。”泰子别无他法，只好这么说道。

一封来自坂井的信寄到了深田的住处，内容大致如下：

您委托我调查的照片，终于查清了。

照片上的人，是一位二十几年前相当知名的画家，名叫泽野英哉。他当时很有前途，但令人费解的是，他忽然消失了，之后就再也没了消息。有人说他去了法国，但多数人觉得他可能是自杀了。在他生前，江川侯爵对他有知遇之恩，似乎经常出入他家。

而且，泽野英哉还是医学博士篠山龙三的表弟。我想你最好去博士家走一趟。

最后一句话让深田的心咯噔一下。

篠山博士是泰子的叔叔，而他不正是把轻部捡回家的人吗？如果深田没有想错，照片上的人和轻部芳次郎是父子关系，那么轻部和泰子自然是表兄妹了。

这究竟是不是偶然？不是不是，深田知道江川侯爵多么心狠手辣。侯爵把轻部扔在久世山并非偶然。他知道篠山博士每天的习惯，把轻部扔在那里是为了让轻部恰好能被篠山收养。如果是这样，侯爵真正的目的是什么？

“这可真是有点意思了。”

自那之后，正每天都会去找泰子。虽然泰子没有让他们之间的关系越过某种范围的意思，但对正来说，光是能看到她的脸、听见她的声音就已经是很大的宽慰了。当然，他心中还是不免觉得冷清。

泰子如今的心境实在是太过平静了，没有给人留下任何可钻的空子。

正在想该怎么办。泰子对他有几分好感，这是确定的。事到如今，能有这样的进展，自己也该满足了——他带着自暴自弃的心态，自言自语道。但有时他又这么想——这样过于平静的生活，到底能持续到什么时候？总觉得一道巨大的漩涡即将翻卷上来。如果要形容她现在的生活，难道不正像暴风雨前夕的平静吗？

正可怕的预感果然应验了。

这天夜里，正和往常一样，到昭和公寓看望泰子。他计划着，如果可能，要把她约到帝国剧场去听音乐会。他已经买好了两张票。

正站在玄关处，询问已经熟识的女佣泰子是否在家。

“现在她有客人。”女佣答道。

“客人？”正不由得重复道，“男的女的？”

“男的，是个青年……”

正听了有些犹豫。“那我就在接待室等着，等那位客人回去之后，请告诉她我来了。”

正走进接待室，坐在垫子上，摊开了近旁的一份报纸。女佣说的客人究竟是谁？至今为止，来过泰子公寓的客人应该只有他一个才是。或许是她公司的人吧。

“我问你，那位客人叫什么？”他把报纸放在一边，又问起旁边的女佣来。

“这……我不知道，他们两个是从外面一起回来的，径直去了川田小姐的房间——不知怎么的，川田小姐好像很兴奋。”

一阵不安的预感让正战栗起来。

忽然，前台的电话铃急促地响了起来。女佣马上接了电话。“不好了，电话里说川田小姐晕过去了。我去打点水来，请您跟着我。”

泰子晕过去了？

听到这个消息，正不假思索地从坐垫上跳了起来。他把女佣的嘱咐当成了耳旁风，抢先跑进了那间早已熟记于心的房间。

正来到房间门口，只见门关得严严实实的，房间里悄无声息。他意识到，自己现在异常地兴奋。他把激动的情绪强压下去，凝神听着房门背后的动静。房间里传来一阵人在地板上走路的声音。接着，他听到有人在低声呼唤“泰子、泰子”。

闻声，正全身的血液一齐涌上头来。他连敲门都忘了，猛地推开门。当看见屋内光景的一刹那，他不由得后退了两三步。

泰子正脸色苍白地仰面躺在床上，头发凌乱，和服下摆胡乱地张开着。仔细一看，她的手无力地垂着，下面摆着一把明晃晃的剃刀。

正把视线一转，朝站在一旁的轻部芳次郎看去，不由得倒吸了一大口凉气。轻部左侧的脸上，从太阳穴到脸颊，开了一道凄惨的裂口，鲜红的血正噗嗤噗嗤地往外涌。但是轻部并没有按住伤口，只是愣愣地看着正。

正马上就明白过来刚才发生了什么事。他一把推开呆站在一边的轻部，走到泰子身边，唤道："泰子！泰子！"

泰子苍白而紧闭的眼皮，应着说话声似乎轻轻地动了一两下，但她并没有睁开眼睛。

正把手放在泰子的额头上，不禁地叫了起来："这样下去不行，发这么高的烧！"正用充满憎恨的眼神回头看着轻部："我说你，不要在这里傻站着，快叫女佣，让她拿水过来。"

正好这个时候，女佣拿着一杯水进来了。她见了这个场面，杯子差点从手中掉下来。

"嘘！别出声，要是引起了乱子，你这儿的生意也不好做。如果非要报警不可，就让我去，你千万不要对别人说。"

忽然，泰子的胸口猛地鼓了起来，痛苦地呼出两三口气之后，眼睛一下子睁开来。她眼神空洞地环视了两三圈后，口中咕哝了几句莫名其妙的话。

刹那间——突然得让正和轻部都不由得吸了口凉气——她发出一声尖锐的笑声，然后再次晕了过去。

雨水淅淅沥沥地浇湿庭院里的树木，从房间里漏出来的灯光照在被打湿的树叶上，给它们染上了一片黄色。

雨夜的凉意彻底渗透了全身。轻部精神恍惚地凝望着黑暗的庭院。他满心仿似被人追逐的恐惧、煎熬和郁郁不快。或许自己也要发疯吧——这段时间以来，他常常会这样想。

不行！不行！我不要发疯！

现在泰子情况如何？她应该马上就恢复了吧。或者说，她就将一直这样下去，真正变疯？

一想到泰子，他就会把手放到脸颊上。泰子让他受的伤，现在已经完全愈合了，但是受伤的地方留下了一道丑陋的疤痕。对他这个天生美貌无双的青年来说无疑是个致命的打击。出人意料的是，轻部却并不怎么在意。

对他来说，比起失去美貌，一种巨大的不安更加让他心神不宁。他不知道这种不安究竟是什么。这漠然的不安穷追不舍，让他无暇思考其他的事情，他真切地感受到身体里有一种预感正压迫着他，让他崩塌粉碎。想到这里，他身子不由得缩了起来。

就在这时，门打开了，美枝子走了进来。“怎么样了，你的身体？”美枝子习惯性地轻轻低下头，窥视着轻部问道。

轻部一言不发地看着外面。

美枝子对他这样的反应非但没有半点畏惧，反倒是慢慢地向轻部凑了过去。“别想太多了，世上的事终究是你奈何不了的。”她像是在安慰一个可怜的弟弟。

自从轻部被泰子弄伤以后，美枝子的心态就发生了不可思议的变化。她对轻部的恨意非但没有增加一分，反倒是把内心积累至今的憎恨统统抛到了脑后。她现在才真正地开始感觉到了对他的爱。

她觉得，正是从现在开始，才发自内心地爱上了轻部。或许是因为轻部自从脸受伤后，态度就彻底软弱下来。或许是，轻部的这个弱点平复了她的心情，挫败了她的敌意。

可是这一点，美枝子却搞错了。轻部之所以变得软弱，不是因为受了伤，而是因为某种莫名的破灭感让他感到害怕。和这恐惧相比，脸上的伤口、美枝子、泰子都算不得什么。如今摆在他眼前的，只有一个漆黑的陷阱和毒药侯爵秃鹫一样的面孔。

“这阵子，我老是做些奇怪的梦。”轻部忽然说道。

“梦？”美枝子仿佛在问轻部为什么说出这话。她认真地看着他。

“是的，奇怪的梦。而且在这些梦里，江川侯爵都会出现。”

“什么，叔叔？”

“就是江川侯爵。这都是些没有由头、很乏味的梦，但我觉得这些梦在暗示我，我的前途一片黑暗。”

“哎呀，这怎么会……”

“不，不是这样的。”轻部按住了美枝子的话头，“江川侯爵一定知道我的身世。侯爵种种的行动，让我推测我的身世背后一定有什么黑暗的秘密。而且，再往坏处一想——侯爵企图拿着这个秘密把我毁掉。”

美枝子想要说些什么，但声音却哽在了喉咙里，什么也说不出来。她不由得战栗起来，双手抱臂。这绝非雨夜沁入肌肤的寒意所致。

“我在梦里看见，侯爵变成一面巨大的盾牌，要把我的身体压扁。我拼命地挣扎，可越是挣扎，盾牌就变得越重……”轻部的话忽然止住了。他睁大了眼睛，但马上又恢复了原来的平静。

美枝子注意到他情绪的变化，本能地回头看了一下。只见正站在那里，不知他何时闯进来的。

“哎，正！”美枝子不由得站起身来。

正却看都没看她一眼，而是径直走到了轻部面前。“快起身！和我走一趟。”

轻部盯着正的眼看了一阵，然后沉默地把头转向了美枝子。

“别这样！别这样！正，你怎么了？浑身都淋透了。”

“别管我，跟我走！”正语气坚决地说道。

美枝子和轻部这才同时注意到正非同一般的态度。

“跟你走？正，你要把轻部带到哪里去？”

“你给我闭嘴。轻部芳次郎，你要是个男人，就不要在这里啰里啰唆，赶紧跟我走。”

美枝子想插到两人中间，却被正不留情面地推开了。

两个人一言不发地对看了一阵，相互窥视对方眼睛背后的东西。最后，轻部悲伤地点了点头，用低到几乎听不见的声音说道：“走吧！”

两人把哭着拦在面前的美枝子推开，没带伞就走进了蒙蒙的细雨中。

“远吗？”

“不远。”

此后两人便没再说一句话。风吹得树枝沙沙响，树枝一动，大滴的雨水就落向两人的脸颊。

靠近郊外的山边住宅区，因为这一场夜雨，才九点钟就见不到行人了。

两人出了门，穿过两三条街，来到一大片树林里。

轻部觉得天空泛着明晃晃的光亮，当他走到这片密林的入口时，不禁犹豫起来。

“怕了吗？”正嘲讽道。

轻部沉默着，再次迈开了脚步。

他们最后走到了森林中央一片被砍伐过的空地上，正止住了脚步。

“你站住，就在这里吧。”正说完，把一直提在左手的木箱放到草地上，揭开了盖子。他从里面取出两只手电、两把手枪，将其中一只手电和一把手枪递到轻部手上。

“你就站在这里，我走到对面的树桩那里，然后我们用手电相互对准对方的心脏，对着照亮的地方开枪。”

“你到底想干什么？”

轻部忍不住想说些什么，但正打断了他：“你也是个男人，不会做出懦弱的举动吧？”

正甩下这句话，便迈着沉稳而踏实的步子，向对面的树桩走去。他走到那里一个转身，说道：“快，把你的手电照到我胸前。接下来，是你来计数，还是我来？”

“你来数。”轻部哆哆嗦嗦地把手电举到胸前。他根本不明白自己在干什么。

“好！那我数一二三，然后开枪。准备！”

轻部伸直了握着手枪的手臂，雨水冰冷地掉落在拿枪的手上。

“一、二、三！”

在相差不到一秒的时间里，两把枪都轰然响了起来。

轻部听了这枪声，手中的枪不由得落了下去。他感到一阵眩晕，打了个趔趄，身子不由自主地靠在了背后的树上。此时，他才注意到，对面已经看不见正的身影了。他呼哧呼哧地喘着气，仔细看向黑暗中的树林，然后又是一个趔趄。

而正此时则像一块泥土一样，倒在草地上。

从久世山的篠山博士宅邸开出一辆汽车，冒着雨驶向了赤坂。这正是黑暗森林中进行悲壮决斗的时刻。

坐在车里的有一反常态板着脸的篠山博士、川路三郎和一脸阴险的深田。

博士自从出了门，便一句话也没说过。长时间失踪的表弟的消息，还有轻部芳次郎的身世，给这个成天在研究室里足不出户的博士带来的刺激实在太过强烈了。

如果轻部真的是表弟的儿子——啊，那将是一件多么可怕的事。泰子——现在她已经处在一种十分危险的精神状态中了——要是知道了真相，会变成什么样子？摆在她面前的是死亡还是发疯？除此之外还会有什么结局？

博士叹了口气，同时无针对地发出了一句狠毒的咒骂。

“你到底是什么时候知道这事的？”汽车急速拐弯，车内一阵剧烈的晃荡，当车终于行驶平稳的时候，川路三郎面向坐在一旁的深田问道。

“我最近才知道。这是我拜托一个秘密侦探调查出来的。”

“秘密侦探？”川路皱起了眉，“你找的？”

“不，这个……”深田终于露出狼狈的神色，“是吉川夫人让我务必查清轻部的身世。我本来不愿意让秘密侦探来掺和，可是除此之外，我别无他法……”

车又猛烈地摇晃起来，川路左摇右摆歪着身子。他努力坐直，说道：

“那么，这张照片你是从哪儿弄来的？是吉川夫人的东西吗？”

一说到照片，深田就哑口无言了。这是他擅自从侯爵的书房里拿出来的，换句话说，就是偷出来的。

一听到照片，篠山博士一下子回过神来。他从川路手上拿过照片，借着车里幽暗的灯光凝视了起来。无论看多少遍，那都是他的表弟。这一点确凿无疑，就是他那二十年来不明行踪的表弟。可是，他和轻部芳次郎长得如此之像，自己为什么没注意到呢？

博士想起了二十年前表弟出众的俊貌和名声。

当时，每当他画作将出，都会变成轰动一时的新闻，席卷整个美术界。那独创的构图和大胆的笔法，正映照了他当时风华正茂的热情。他天生又具有独一无二的俊貌。这个热情的青年不懂得如何去驾驭自己的美貌和名声，与自古以来的许多艺术家一样，过着极其奔放的享乐生活。最终，这让他的身心尝到了苦果，并导致了一系列的罪恶和悲剧——恐怕江川侯爵也是当时因他酿成的悲剧而葬送了整个人生的受害人之一。

篠山博士还记得，表弟得到过侯爵的知遇之恩，经常出入侯爵的宅邸。当年侯爵也年轻气盛，对官场抱着巨大的野心和热情。两位充满热情的青年究竟是如何来往的？这一点，篠山博士当时完全没有注意。那时他还是一介书生，经常羡慕表弟的名望。他为有朝一日能跻身表弟所属的世界而努力。然而这样的想法渐渐变成了一颗困惑的种子，除了生长出嫉妒和憎恨，别无他物。

就在这时，表弟突然失踪了。此事在当时引起了社会上的种种议论。对他平常那毫无反省的生活有所耳闻的人们一致认为，他是自杀或者被人杀死了。博士也是其中一员。

“这么说，轻部从生下来那天起，就一直被关在侯爵家的地下室里？”片刻之后，博士的耳朵里传来了川路的话。博士从深深的冥思中脱身出来，思绪回到了这二人的对话中。

“是的。听说他出生时，母亲也去世了。而侯爵对他的父亲——至今为止我也不知道他父亲是谁——非常憎恨。所以，他就被关在了地下室，由侯爵一手养大。”

“可这究竟是什么意思？孩子是无罪的。好吧，就算侯爵憎恨这个孩子，却还煞费苦心把他养大，这难道不蹊跷吗？”

“这……这我就不知道了。不过，既然这是侯爵做出的事，那背后一定有深谋远虑。”

“是啊，说起来，侯爵故意把轻部扔到久世山老师家的旁边，也一定有什么原因吧？”

“我也这么觉得。”

博士只是愣神听他们说话。这个原因——恐怕除了博士和侯爵，旁人都不知道。侯爵的复仇之心是多么根深蒂固：不仅把自己的表弟杀了，还要利用表弟的儿子，把复仇之手伸向自己一家人。可怜的泰子……

博士的车就这样慢慢地向吉川伯爵家靠近。我这个作者不得不趁机暂时转过笔锋，来说说此时发生在吉川伯爵家的意外事件。

轻部芳次郎被正拉走之后，美枝子一时间像失了魂魄，躺倒在长椅上。正一定会把轻部杀了。她十分清楚两人之间的纠葛。再加上最近轻部给泰子带来的不堪回首的侮辱——泰子现在恐怕已经陷入半疯的状态中了。

“他果然还是更爱泰子。”美枝子深深地感到失望，“他一定是喊着泰子的名字死去的。而我，在那一瞬间，在他心里却连微尘大小的阴影都没有留下。”

她躺了片刻，忽然坐正了身子。拿起桌上的镜子一照，发现自己眼珠已经凹了下去，仿佛老了十岁。她把头发捋上去，静静地打开桌子的抽屉，取出一个香水瓶一样的小瓶，举在灯光下看着它。瓶中半透明的蓝色液体，在灯光下美妙地闪烁。

就是它，就是它。命运终于走到这一步了。

美枝子又照了一眼镜子，整理好衣服，摆出一道伤疤似的笑容，静静地把瓶子举到嘴边。

就在此时，门嘭的一声打开了。

美枝子本能地把手里的瓶子藏了起来，转头朝门口看去。“啊！”

轻部芳次郎从头到脚被淋得透湿，像幽灵一样颤巍巍地站在那里。

两人一时间都屏住了呼吸，睁大眼朝对方凝视了一阵。美枝子的呼吸越来越急促，她痛苦地捂住胸口，踉踉跄跄地后退了两三步，忽然猛烈地喘泣起来。

轻部摇摇晃晃地，仿佛被抽走了魂魄。他朝美枝子走去，静静地把手搭在了她肩上。“你怎么了？为什么哭成这样？”

美枝子仿佛是第一次听见轻部这么亲切的语调。她抬起被泪水濡湿的双眼。

轻部一双水晶般深沉的眼睛正安静地俯视着她，而且，这双眼睛里已经找不到任何忧虑、苦闷和反感了。

“什么怎么了？”美枝子用低沉而温柔的声音，若无其事地反问道。

轻部一言不发，取出那支被雨打湿的手枪，亮在她眼前。

美枝子意外地平静。所有的事情她都明白了，已经不用再问。

两人并排坐在长椅上，谁都没有说话。轻部全身被雨淋湿，身上的凉意紧紧地传到了倚靠着他的美枝子身上。但是她似乎并没有感觉到冷，只是呆呆地望着地毯。

“在这之前，得把它写下来。”轻部忽然自言自语道。

“把什么写下来？”美枝子也仿佛在自言自语。

“正的事情。总不能一直把他扔在那片下雨的林子里不管，他会感冒的。”

美枝子吃惊地看着轻部，目光马上又落回到地毯上。“在这之前？你刚才说在这之前了吧？究竟是在什么事之前？”

“哎？”轻部吃惊地抬起头，“我刚才没和你商量过吗？”

“没有，什么也没有……”美枝子脸上泛出一丝浅笑，认真地看着轻部。

轻部仿佛神志不清了，眼睛上翻，嘴唇干燥。

美枝子在这张脸上看到了与自己相同的想法。“不过，我已经明白了。我知道你要干什么。”美枝子说完，把那个小瓶拿了出来。

“就是这样，就是这样。”轻部把手伸向那个瓶子，马上又缩了回来。他好像忽然回过神来，仔细地盯着美枝子。“我刚才进来的时候，你正准备喝下它吗？”

“嗯。”

“为什么？”

“不为什么，只是心里想这么做而已……”

轻部再一次打量美枝子的脸。“那现在呢？现在已经不想喝了吧？”

“嗯，喝不喝都无所谓了。但是如果你命令我喝，我还是会喝的。”

轻部从美枝子的手上接过瓶子，就像美枝子刚才那样，对着灯光凝视着它。“这东西，你到底是从哪里拿到的？”

“从叔叔那里拿到的。你应该知道吧，江川侯爵——毒药专家。”美枝子说完笑了一声。

“是吗？江川侯爵啊……”轻部沉思了一会儿，忽然说道，“我喝掉一半，可以吧？”

“嗯，没关系。”美枝子平静地说道。

两人四目相对，忽然间，他们的嘴角都浮现出讽刺的微笑。

篠山博士的车赶到吉川伯爵家，是二十分钟以后的事。

川路下了车，按响门铃，一个年轻的女仆开了门，一脸惊诧地看着这几个不速之客。

“夫人在家吗？”

“在的，她在。”

“这是我的名片，有件事我务必要和她当面谈谈，请转告她。”

女仆接过名片看了一眼，仍迟疑着不肯去传话。

“如果夫人问起什么，就说我们想找她谈谈轻部的事情。请你这样告诉她，她马上就会明白的。”

女仆不情愿地走了进去。片刻之后，她面色苍白，啪嗒啪嗒地跑了出来：“夫人她……夫人她……”

“夫人！夫人怎么了？”川路看着女仆非比寻常的表情，抓住她的肩膀猛摇了两下。

“她和轻部先生，服毒自杀了……”

车中的博士和深田闻言都跳了出来。“他们在什么地方……”三人推开女仆，冲进了房子。

轻部芳次郎和美枝子安静地躺在地板上，姿势平和安静，仿佛摆脱了一切困扰。

“这样也罢，这样也罢。”篠山博士用谁都听不见的声音说道。

轻部芳次郎和美枝子的死讯传开一周后，舆论又为江川侯爵自杀的消息轰动了一番。

只有篠山博士好像预料到了此事，听到侯爵的死讯后仍然表现得很平静。

侯爵死后的第二天，博士家里收到一封信。信上没写寄信人，但是接过信的一瞬间，博士就明白是谁写的了。信中的一节这样写道：

> 我终于知道复仇是怎样的一件难事了。比起被报复的人来，实施报复的人反倒遭受了更多苦闷和创伤。事到如今，我倒是觉得，他们在知道轻部芳次郎的血管里流淌着多么可怕的基因之前选择了死亡，是件好事。

博士没有把信交给其他人看，而是扔进了火炉。

藏着轻部的秘密——他从父亲身上继承了令人痛苦的癖性——的那封信，被熊熊燃起的蓝色火焰包围，转瞬之间就变成了灰。

博士盯着那片灰烬看了一阵，然后站起身，走到了泰子的房间门口。“会好的，马上就会……”

“我真的能治好吗……”

“没问题的，包在我身上。”博士说完这句话，转身离去。

空房子里的离奇尸体

一

大正十二年五月二十八日下午三点半左右，居住在东京府辖区××村的石山龙造（六十二岁）出门去检查自己负责的编号三十的房屋。三十号房已经有两个月左右没人住了，前几天忽然有人要租下，而且在两三天内就要搬进来，所以他觉得有必要对房子进行一次大致的检查。

龙造检查了一遍房子是否漏水、下水道是否通畅，然后心满意足地小声自语道："这些都没问题，没什么需要多费手脚的。"他说着走出门，想着明天找个老妈子和女佣赶在租客搬进来之前打扫一番。

"对了，前面那栋房子现在情况怎么样了？"老人忽然在正对面的一栋房子面前站住了。

这栋房子是同样的建筑样式，编号也是三十号，不必多说，这自然也是龙造代为管理的一栋房子。老人一下子想了起来，这栋房子在大约两星期前租了出去。谈妥之后，租客当场就交了定金，两三天之后，他又收到了两个月的房租。

蹊跷的是，交了这么多钱，租客却还没搬进来……

老人想着顺带也检查一下这栋房子，于是推开了院门。房子上了锁，老人偏偏又没带着钥匙，于是他绕到了房子后面。后面的木门也上了一把荷包锁，还是进不去。无奈之下，老人只好绕到房子侧面，踮起脚透过厨房的玻璃窗看看里面的情况。

让他吃惊的是，房子的客厅里盘踞着大片苍蝇。青蝇、黄蝇交错地飞在浑浊的空气里，活像撒了一把胡椒面。

“哎，这是怎么回事？”老人顿时感到一阵不快，觉得一定得去检查一下。于是他强行撞开了后面的木门，从厨房直穿进了客厅。

一眼看去，房间里并无异样，只是有一种说不出的酸甜气味直冲鼻子。屋里一大片苍蝇——似乎是被这突如其来的闯入者吓到了，左右纷飞起来，老人只觉得耳朵里充斥着一阵非常不祥的声音。他不经意地打开这间六叠大房间的壁橱，看了一眼。就在此时，他发出一声仿佛青蛙被踩扁的惨叫，整个身体也如泥人偶一样软绵绵地倒在了地上。

老人如此吃惊是有道理的——瞧吧，塞在壁橱的一床被子里，一双惨白的腿伸了出来，就像一具蜡像。

二

辖区〇〇警局接到急报，局长马上带着几名部下前往。不久，警视厅的山胁搜查股长、吉冈警部和山下鉴定科长也开着车来到了现场。

警视厅一行人到达的时间是下午四点半左右。他们给现场绕上警戒带，在现场搜集起了表面证据，首先收集到能作为证据的物品如下：

三张软卫生纸、剪刀、用红布包裹的日本剃刀、钳毛器、缝针。但是光靠这些什么都证明不了。

同时进行的尸检结果表明，尸体被藏在了摊开的被子里，周围爬满了蛆虫，尸体的痕迹透过三床叠在一起的被子，清清楚楚地留在了壁橱的底板上。被害者大概死于两个星期前，是个三十五六岁、浑身脂肪的女人。尸体上并没发现勒杀的痕迹或其他外伤。情况基本如此。

一时间刑警们从四面八方赶来。他们竭尽全力调查案情中最引人注意的那个来租空房的男子，但是除了如下的一些事实，别无其他。

五月十三日，案发十五天前的傍晚，管理员石山正在打理盆栽，一个年龄在三十二三左右、一身西服的青年绅士来到了他家，在两间空房中选好一间，谈妥租赁事宜，当即付了定金。十六日，同是傍晚时分，青年绅士再次来访，说是本来打算马上住过来，但遇上了点麻烦，需要推后一个月再搬家。他对房子很满意，所以预付了两个月的房租。

需要注意的是：五月十五日黄昏，绅士到过附近的一家床上用品店，租了一套床具，并让店里的人搬到了后来出事的三十号房里。而第二天，十六日早晨，该绅士又出现在床上用品店，说看中了那套床具，决定买下，付过全套床具的价钱就离开了。案发之后，床上用品店的老板娘桥本梨右立即被警方传唤了。在看了包裹尸体的床具后，她声称这确实是该男子租用的床具。

综合以上事实，大致可以推想出如下经过：犯罪实施的时间是五月十五日晚上，租用了这套床具的一对男女在此过了夜。是夜，男方将女方杀害。为了拖延事情败露的时间，男子第二天买下了床具，又提前缴纳了两个月的房租。

问题的关键就落在了青年绅士上。可关于他的情况，此外就什么也不知道了。石山一时疏忽，连他的姓名都没问。那个人的身份，谁都无从知晓。

就这样，案件侦破进入了一个走不出的迷宫。

三

警视厅的吉冈警部自接到报警起就负责这个案子，他希望案子在自己的手上有个了断。尸体被发现后，已经过去了好几天，警方还没有找到那个可疑绅士的蛛丝马迹。媒体开始批评警视厅无能。

就在这个时候，一条有力的线索出乎意料地传到了吉冈警部的手上。

这个线索来自奇怪绅士租用床具的床上用品店的女帮工衿子。她曾看见过一个奇怪的女人从事发的房子里走出来。听到此事，吉冈警部立即赶往 ×× 村核实。经过一番询问，他大致查明了这样一个事情经过：

此事发生在绅士托衿子把床具搬到三十号房之后的第三四天，也即十八九号左右。三十号房后面有一条小溪，附近的人都会在那里洗衣服。当天下午三点左右，衿子抱着一堆要洗的衣物经过那里，发现三十号房后门的木门旁站着一个女人。衿子心想，她大概是来找房子的，于是对她说道："那栋房子已经有人住了，对面那家倒还空着。"

女人听了，一声不吭地朝衿子看了一眼，接着就走向了对面那幢房子。于是衿子毫不在意地朝小溪走去，大概三分钟后，衿子忽然想起有东西忘了拿。就在她折返回家取东西、经过三十号房的时候，那个女人突然从里面跑了出来。只见她血色全失，摇摇晃晃地从后门跑出来，眼看就要昏倒在地。她见了衿子，好像吓了一跳，慌忙把挂锁扣好，什么话也没说，径直跑向了院门。

“哦？”吉冈警部不由得咽了一下口水，“那么，那个女人是什么长相？”

“这……”衿子一时答不上来。

此事发生时，尸体还没有被发现，所以衿子并没怎么留心观察女人的样子。现在想来，她遇到那个女人的时候，正是死者被杀后的两三天。女人从那栋房子里出来，一定看见了尸体。衿子后来察觉到了这一点，感觉一阵恐慌，这才在昨天晚上急忙向老板娘桥本梨右吐露了真情。

“我并没有看得很仔细。她大概二十五岁，穿得很讲究，好像是什么人家的大小姐。我记得她身上穿着一件紫色金粉的和服。”衿子答道。

“她的脸上有什么明显的特征吗？”

“不清楚……”

“你有没有注意到她手上拿了什么东西？”

“没有，没带什么……不过我只是想不通，她为什么会有三十号房后门的钥匙。”

“唔！”吉冈警部不由得双手抱臂。

即便衿子没有说起，他也已经怀疑起这个情况了。那扇小木门的挂锁——那并不是管理员安上的，而是有行凶嫌疑的青年绅士留下的。既然女人有这把锁的钥匙，那她一定和青年绅士有着某种关系。再者，衿子已经告诉过她这栋房子有人住了，而她还悄悄地进去，这已经充分值得怀疑了。

一个三十五六岁、徐娘半老的女人，一个三十二三岁上下、英俊的青年绅士，再加上一个二十二三岁的美女，究竟会得出什么结论？这样一想，吉冈警部感觉终于看到了案件侦破的曙光。总之，关键是摸清三个人的身份。与他们相关的人越多，查清这个案子的可能性就越大。

“啊，真是谢谢您了。今后还可能有事需要您出面，到时候也请您把今天告诉我的事情再原原本本地说一遍。”吉冈警部说完这句话，带着比来时更坚定的自信离开了桥本梨右的小店。

四

因为得到了意想不到的线索，吉冈警部脚步轻快。他走出○○村，直奔离村子最近的省线电车 ×× 站。殊不知，那里还有更令人惊喜的线索在等着他。

尸体被发现的时候，×× 站的工作人员作为参考证人，轮番接受了调查，但没有一个人对被害者或者疑似凶手的青年绅士有什么印象。因此，警视厅认为，凶手并不是坐省线电车来的。他们倾向于认为，凶手乘坐的是其他交通工具，可能是汽车或者别的什么。

只有吉冈一人从一开始就反对这样的意见。因为凶手如果坐汽车到○○村这样的地方，反而要比坐电车更容易引人注意。凶手既然做了周全的准备，不可能有这样的疏忽。更何况，行凶当天并没有任何人目击过什么汽车。

虽说如此，如果他们真是坐着省线电车来的，又是怎么做到如此掩人耳目的？不，不对，他们也是有血有肉的人。只要他们不是神仙，就一定会被人看到。×× 车站再怎么拥挤，也不可能没有人注意到凶手。

新线索让吉冈警部一下子信心大增，他快步走向了 ×× 车站。

“欢迎欢迎，辛苦您了，还是在查那个案子吗？”车站副站长见了警部，热情地起身让座。

“啊，谢谢了。这里可真够闷的。”吉冈警部说着，从袖兜里掏出手帕，擦了擦额头上的汗。

“是啊，之前一直都没下雨，本来以为梅雨要过去了，现在又变成梅雨天了。”副站长点燃一支烟，忽然想起什么似的，说道，“关于上次那个空房子里发生的案子，当时大家都说没见过凶手或者受害者，不过，其实当时有件事被忘得一干二净了。有个站员从十八号起休假去了。他因为犯了脚气病，回老家休息了两个星期。我一时疏忽，以为他是在案发之前回家休假的，所以一直没把这个情况说出来。今天早上他来上班，一问才知道是上个月十八号的事情。您问问他，或许他还记得些什么。”

“哦？”吉冈警部心里咯噔一下。今天真是运气不错，他预感自己又将问出些什么线索。“我一定要问问他。麻烦您把他叫过来吧。”

“好的，乐意效劳……”副站长爽快地起身离开，很快就和一个叫岩崎良太（二十七岁）的年轻站员一起走了进来。岩崎看上去脚气病还没有痊愈，一张脸浮肿得像个青梅。他和副站长一起进来的时候，看到警部，好像吓了一跳，立刻在门边站住了。吉冈警部见他这个样子，凭着职业本能，暗忖道：这家伙一定知道些什么！

果然，岩崎在警部面前说出了此案中最重要的一个事实。而且，根据从他那里得知的情况，吉冈警部顺藤摸瓜，发现了许多更让人吃惊的事情。换言之，说岩崎良太陈述的情况点燃了停滞一时的 ×× 村空房杀人案那根令人恐惧的导火索，也毫不为过。

他的供述大致如下：

其实，自从在乡下老家看到报纸时，我就一直等着被查问。可是一直以来都没什么消息，所以我也按捺不住了，身体还没有完全恢复好，就回到这里来了——嗯，您想问的那几个人，我确实有些印象。至于到底是不是准确无误的那几个人，我不敢保证，可是从他们出现的时间和模样来看，十有八九错不了。

那是我请假回家两三天前的事情，好像是十五号、十六号的样子。那天傍晚五点左右，正是车站里一天当中最拥挤的时候，您说的那对男女好像确实在这个车站下了车。说起来，那个女人三十五六岁，稍微有些胖，肤色很白，一眼看去像有钱人家的夫人。男的三十岁上下，应该是个中产绅士，不过我并没怎么仔细看他。

您要问我为什么多看了女人一眼，这其实是有原因的。正当男人和女人一起走到检票口时，有个二十五六岁、公司职员模样的男子也朝检票口走了过来，他们正好相遇了。那个女人好像并没有注意，但是朝他们走来的职员却忽然停住了。

“哎呀，这不是夫人吗？”那人打招呼道。

女人一听，也站住了，朝那人的脸看了一眼，马上吓了一跳似的说道：“啊……”

那个时候她叫出了那个职员的名字，可是我已经忘了。

“夫人，您是什么时候来的？”

“刚来没多久——我是来东京玩的。本来还想到你家拜访一下，又觉得会给你添麻烦……”

“您现在住在哪儿？”

“在本区的旅馆里……”

“是吗？那我两三天之后再去拜访您吧。”

这时，跟女人一起来的绅士已经走出了检票口，他对女人说了些什么，于是女人和那个职员匆匆说了两句话就分别了。分别的时候，那人好像在记事本上写了些什么，我猜可能是旅馆的名字吧。

“嗯，那么你也没听清那家旅馆的名字吧？”

“没有，也许听见了但又忘记了。我当时还感慨，这世界看起来这么大，其实很小。所以我记得这么清楚。”

“那么，和女人说话的那个男人是什么模样？”

“在这里和她撞见的那个男人吗？我想想。他穿着一件蓝色双排扣上衣，下面是喇叭裤，腋下还夹着一个皮夹包。”

吉冈警部接着问了许多问题，但是除上述情况外没有新信息。他顺便又向其他站员问起了空房子走出的那个美女，可他们都没有印象。

但是光知道这些就已经足够了。半天之内的收获已经够多，总之，现在可以确定：被害者并非东京本地人，她在被杀之前曾在本区的一家旅馆住过。而且根据青年的话，他在两三天之后拜访过那家旅馆。只要找到那个青年，就能够查清被害者的身份。吉冈警部欢喜地离开了车站，他并不知道，等在他前面的是更加离奇的事实……

五

吉冈警部的报告让警视厅一下子忙碌了起来。本区的旅馆数量不少，可只要凭警视厅之手，就可以毫无阻碍地逐个排查。

结果，警视厅在几个小时之后就找到了那家旅馆。旅馆在赤门前，名叫大和屋，是本区屈指可数的高级旅馆。

根据刑警传来的报告，事情大致如下：

那对男女投宿的时间是五月九日，他们在住宿登记本上写的原籍是名古屋市中区御器所町字北丸屋，男的是名古屋的银行职员伊奈三郎，三十五岁，女的是他妻子，三十五岁。

“他们是五月九号晚上十点半来的，说是坐火车刚到这里。行李的话，有一个旅行箱，他们说其余的都寄存在车站里……”大和屋的掌柜说道，“那位夫人说她是第一次到东京来，这次恰逢休假，而她丈夫也是很久没来东京，所以就一起到东京来旅游了。一眼看上去，那对夫妇年纪相仿，由于夫人看起来比较强势，女佣们都开玩笑说，那个男的可能是她养子。他们看上去关系和睦，在换到别处之前，每天两个人都一起去游玩。他们给的小费很多，对我们来说是个好主顾，所以特别关照他们。不过我们倒是没有发现奇怪的地方。他们离店的时间是十六号上午十二点。准确地说，那时候只有那位先生一个人，之前十五号晚上，他们两个人是在别处住下的，十六号早上只有那位先生一个人回来了。他说到底还是酒店方便，所以就来取东西了。嗯，我们没有问他住到什么地方去了。”

刑警问起他们在住宿时或者离开之后，有谁来拜访过他们。一个女佣代掌柜回答了这个问题。“好像在十六号早上有个电话打了过来，说这里应该住着一位姓伊藤的女士，问她现在在不在。当时我告诉他，这里并没有姓伊藤的女士。对方说，不对，她应该住在这里。他说昨天他碰到了这位女士，女士告诉他自己住在本区一家名叫大和屋的旅馆。那边又问本区有没有别家也叫大和屋的旅馆。我回答说没有，大和屋只此一家。那边就说，那就是这里了。他又把女士的相貌详细地说了一遍，然后嘱咐我，一旦她回来了，就让她给圆形大厦四楼山佐商会的须藤回个电话，说完就把电话挂了。后来我一想，他描述的样子和伊奈夫人很相像。所以，大约三个小时之后，当伊奈先生一个人回来取行李的时候，我就把这件事告诉了他。他却说，不知道这个人，可能是打错了。”

“那之后他就没再打电话过来了？”

“不，打来了三四次。我只好告诉他，没有办法，这里并无此人。”

听到这个报告后，吉冈警部等人兴奋得几乎要跳起来。打来电话的那个须藤，一定就是在○○站撞见了所谓伊奈夫人的青年。

如此一来，这样一个事实就被推想了出来：投宿到大和屋自称伊奈夫妇的男女，其实用的是化名，女方实际上姓伊藤。而知道她身份的那个姓须藤的青年，在圆形大厦四层的山佐商会工作。所谓的伊奈三郎在 ×× 车站不巧遇上了女人的熟人，所以他提早下手，当晚就把女人杀了，然后在须藤来拜访之前离开了那家旅馆。

此时正好是晚上十二点左右，圆形大厦的山佐商会里一个人也没有，今天要想取得更大的进展恐怕很难。所以吉冈警部打算明天一早起来继续调查，今晚暂且回去。就这样，情况急转直下，案子似乎很快就能解决。

六

天一亮，已是大正十二年六月六日。

吉冈警部心想今天一定能查清案件的来龙去脉，满怀希望走向圆形大厦四层的山佐商会。

可是他万万没想到——这个关键的须藤已经有两个星期没来上班了。听到此事，吉冈警部不由得涌起一丝不安的感觉。“没来上班？是从什么时候开始？”

山佐商会的事务员飞快地查了一下出勤簿。“是这样的，五月十八号下班之后，他就没再来。我们这里也很伤脑筋，他要想休假，当面说声请假也好，可是他什么也没说，也没申请，于是我们前几天就到他的住处去打听了一下。可是，租住地的人也告诉我们，他十九号早晨出去之后就再也没回来过……”

说起十九号，那正是推定案发时间十五号之后的第四天，吉冈警部心中越发不安起来。“那么，五月十五号傍晚，须藤来上班了吗？”

事务员又拿出了另一本登记簿，查了一下。“十五号白天，我们让他去拜访了 ×× 村的一位客户，之后他就直接回去了，所以他当天并不在这里。”

此事越来越明确了，×× 村就在离 ×× 车站很近的地方，站员岩崎良太看见的那个青年，应该就是须藤。可是，他自从十九号起就不再到公司上班，也没回过住处，这究竟是什么意思？

这时正好商会老板山本佐兵卫（四十九岁）来上班，吉冈警部立即递过名片，请求会见。山本一身肥肉，满面红光，一副标准的实业家形象。他一听说警部的来意，脸上立刻显得有些阴沉。“须藤？他犯了什么事吗？他在敝公司干活卖力又忠诚，也很受分销店的欢迎，堪称模范好青年。我绝对想象不出他会干坏事。不过他最近行踪不明让我们很为难，您刚刚查过公司的登记簿，那上面应该是没错的，不过我也不好判断他去了什么地方。关于他的简历，他在大阪的一家分销店一直干到了去年秋天，才被调到这里。他毕业于大阪高级商业学校，虽说去年刚毕业，能力还是很强的。对了，他读书的时候曾寄宿在大阪一位律师的家里，就是靠这位律师的介绍，他进了分销店工作。”

“那么，那位律师叫什么？您认识他吗？”

“叫伊藤康哉，在大阪可是位相当有名气的律师，不过他去年秋天去世了。”

“伊藤？”听到这个名字的瞬间，吉冈警部不由得从椅子上弹了起来。伊藤康哉！去年去世！是啊，这样一来，受害者的身份就能推想出来了。受害者一定就是大阪律师伊藤康哉的遗孀。只要明白了这一点，须藤在不在这里也就不是大问题了。可是，他自十九号以来就行踪不明，这还是让人担心……

“您知道伊藤一家的家庭情况吗？”

“不，我只是通过须藤的简历和新闻报道知道这么个名字，具体的情况我一概不知……”

“那您听说过伊藤先生的遗孀到过这里的消息吗？”

“不知道。这些问问须藤应该就能明白吧。”

吉冈警部把须藤的住处记在本子上，然后飞奔到须藤兼松（二十五岁）租住的赤坂区友邻馆。

“须藤吗？须藤自从上个月十九号早上出了门，就再也没有什么音信了。我们也很着急。”友邻馆的老板一脸焦急地回答了警部的提问，“他一直都安分守己的，所以我也没有太操心，可是这时间有点太长了……一打听，他也没有去公司上班……嗯，我并不是说我知道什么内情，不过现在想想，十九号上午他出门的时候，并不是一个人走的，还跟着一个人，难道说他和那个人……”

“什么？还有一个人？男的女的？”

“是个女人，二十二三岁，长得挺漂亮的……”

警部心里一惊，咽了下口水。二十二三岁的美女——说起来，空房子里出现美女的事，就发生在十八号或十九号，难道就是那个女人？

“她是身穿紫色金粉的和服，看起来像是个大小姐吗？”

“是的，就是这样。”

“她是不是来过这里好几次了？”

“不，她只是在十八号傍晚来过一次……当时她脸色很不好，连问须藤在不在的时候，声音都是发抖的。还说，如果问起她是谁，就说她叫美枝，于是女佣就传达了。女佣说，他们两个人密谈了很久，女人还带着哭腔……那天晚上，女人在这里待了三个小时才回去。第二天早上，应该是他们约好了，女人过来接须藤，他们两个就这样走掉了。”

“当时须藤表现如何？”

“嗯，头天晚上女人回去之后，他脸色很难看。女佣还告诉我，那天晚上他好像做了很多噩梦。”

“须藤的东西还放在这里吗？”

“是的，原封不动地留在这里。”

吉冈警部检查了一下须藤的物品，但是并没有发现能够成为证据的东西。

不过仅凭这些，事情就已经清晰了。十八号晚上来访的女人，明显就是那个从 ×× 村那间空房子里跑出来的女人。她立刻匆忙来到须藤这里，找他商量了一些事情，然后两人一起在十九号早晨去了某个地方。那个女人究竟是什么人？她已经看到了尸体，却并没有报警，而是隐匿了行踪，难道她是共犯？可如果是这样……

警视厅立即对须藤兼松和那个女人的行踪展开了调查，同时给大阪发出了调查请求。

七

大阪方面反馈来了消息。如此一来，案情的来龙去脉都弄清楚了。然而，此时发生了一件更加令人震惊的事件。

首先，必须交代一下伊藤一家的家庭情况。已经去世的律师伊藤康哉，家中当时住着三个人，分别是他的遗孀美奈子（三十六岁）、妻妹良子（二十六岁）和良子的丈夫田边英治郎（三十二岁）。

目前的情况是：田边英治郎和美奈子于五月七日一起前往东京旅行，此后就没再回大阪；而良子两天之后也去了东京，尚未回来。大阪传来的消息大致如此。

这些情况与吉冈警部的预想完全相符，即：空房子里的尸体正是寡妇美奈子，杀害她的凶手是田边英治郎，而从空房子里跑出来的那位美女则是良子。

受害者及嫌疑人的身份都已经有了眉目，当务之急就是找到他们的藏身之处，将他们逮捕归案。警视厅向大阪发电报指示：一旦发现田边夫妇的藏身之处，迅速将其逮捕。大阪方面传来的田边夫妇的照片也散发到了全国各地，现在只等他们被缉拿归案了。

但是，此时发生的一件意外之事将案件再次引入迷宫。神户某警局发来了一封让人完全意料不到的报告：

目前通缉中的田边英治郎，其尸体出现在本局辖区内的一家酒店——海岸酒店。此案有充分他杀嫌疑，凶手应该是田边的妻子良子。

此致

拿到这封报告的时候，吉冈警部愣了好一阵神。

嫌疑人被杀了，而杀他的凶手是其妻子。

啊，这桩离奇的案件究竟复杂到了什么地步？此前虽然事情还没彻底弄清楚，但警视厅已经倾向于认为，田边英治郎是杀害寡妇美奈子的嫌疑人。可是现在，田边英治郎又被自己的妻子杀死了。啊，多么令人捉摸不透的突发事件！于是，案件又需要回过头来，从基本的情况着手。

八

收到神户发来的报告当夜，吉冈警部就出现在东京发往神户的列车二等座车厢。他神情严肃，双手抱臂，陷入了深深的思考之中。

这桩离奇案子的各场面像走马灯一样回旋在他脑中。寡妇美奈子之死，青年须藤行踪不明，田边英治郎被杀——还有在这些事件中，如恶魔一样出现的奇怪美女良子。究竟谁是凶手，谁是被害者？现在已经连这个判断都无法确定了。

下午两点，火车到达沼津，下了三两个乘客，又换上了两三个旅客，火车开动。

吉冈警部似睡非睡地将脑袋靠在椅背上，陷入了冥想。

事情就是在这个时候发生的。

“唔——啊——好难受！”这声音传入吉冈警部的耳朵，仿佛从噩梦的深处追赶过来。他吓了一跳，赶忙起身，看了看身后，发现后面坐着的年轻女人，前倾伏倒在她前面的座席上，正痛苦地挣扎着。

“喂，你怎么了？喂！”吉冈警部站了起来，走到女人身边，伸手轻轻地摇了摇她。这时，只见一股深色的液体像线一样从女人紧闭的嘴唇里流了出来。

“哎呀！大事不好。”吉冈警部慌了神，急忙要叫列车员。就在此时，垂死挣扎的女人微微地扬起了头，弱弱地说了一句：“等一等，吉冈先生……”

出人意料！这趟深夜的列车里，一个即将死去的女人居然知道自己的名字……吉冈警部怀疑起自己的耳朵来，他看了看女人的脸。

“我，我是良子。田边的妻子良子……”

“什么？”吉冈警部仔细端详起女人的脸来。

“杀了我吧……就让我这样死掉吧。详情都藏在我怀里……”

说完这些，女人无力地向前倒下了。吉冈警部探了探她的心脏，已经停止跳动了。

吉冈警部放眼望向漆黑的窗外，“呼”地叹了口气。他在尸体的怀里找到了一个厚厚的信封，上面写道“致吉冈警部，一个苦命的女人敬上”。

这几行字表明，这个女人是做好了心理准备自杀的。这封信的内容让这桩极尽纠葛的离奇案件真相大白。一个好心人曾将这封信拿给笔者看过，笔者在此将它刊载出来，结束这个犯罪故事。这也算得上一出社会悲剧了。

吉冈警部：

一时造成这么多骚乱，实在抱歉。我十分清楚，自从××村的空房案件发生以来，大家都为破案努力。哎，要是我稍微再有些决心的话，一切都不会发生的——想到这里，就觉得十分遗憾。

在讲述真相之前，我必须先说说我们的身世。

我和姐姐美奈子是同母异父的两姐妹。

我的母亲原本是嫁到山田家的，在生下姐姐美奈子之后，她的丈夫就去世了。于是她又带着孩子嫁到了石部家，生下了我。

我的父亲在我上小学之前通过经商积累了很大的产业，一家人很幸福。那时，山田家穷困潦倒，所以我父亲很是照顾姐姐美奈子。而她嫁给律师伊藤康哉先生，也全靠我父亲的努力。

可是，这世上的事是多么讽刺啊。当我小学毕业，正要升女子中学时，父亲生意失败，倾家荡产，并因此发狂而死。从那一天起，我们不得不流落街头。我们母女被接到了姐姐家，我们把姐姐照顾至今，现在反过来轮到她照顾我们了。

我的不幸，就是从那时候开始的。

姐夫伊藤康哉先生是个菩萨一样的好心人，可姐姐美奈子却在每件事上都和我们过不去。我的母亲最终不堪其苦，在我女校毕业那年去世了。可是，就在此事前后，伊藤家还发生了一桩很大的不幸。一个京都大学法学系的学生田边英治郎在这里寄宿，不知什么时候起，他竟和我姐姐私通了。

我上面说过，姐夫是个菩萨心肠的人，即便知道了这件事，他也下不了决心来处理，就这样一直忍受着痛苦。后来田边从学校毕业，而我也不再上学，姐夫就以此为契机让我和田边结婚了。

当时我内心的痛苦有多大，无须多说，但是为了报答姐夫的恩义，我最后还是横下心来和田边结了婚。

我牺牲自己和田边结了婚，姐姐和我丈夫的关系非但没有改变，反倒变本加厉了。我已是苦不堪言，姐夫更是十分可怜，终于不堪接连不断的烦恼，在去年去世了。

自那以来，一家紊乱的关系更是毋庸多言。姐姐和我丈夫公开地形同夫妇，而我被他们视而不见。

终于，上个月的事情发生了。

丈夫和姐姐两个人携手出门，说是去东京旅行。后来，我一调查，却意外地发现家里所有的不动产都换成了现金。我着实吃了一惊。我早就知道，丈夫并非真心喜欢姐姐，而是盯上了姐姐的财产。事到如今，我越发感到丈夫可能要把姐姐杀掉，然后想办法逃走。于是我也很快动身，追着两个人来到东京。

接下来的事，就不必再说了。我掩人耳目地监视了他们的行踪，可最终，当我看到空房子里姐姐尸体的时候，那种震惊实在是……我紧接着去了须藤的住处。须藤上学时曾寄食在伊藤家，对我的处境很了解。他听了我的话之后十分愤慨，于是我们就找到了田边英治郎在目白区的藏身之处，向他讨要说法。

可是，哎！这是多么可怕的事情啊！我实在无能为力，无法把当时发生的惨绝人寰的事描述出来。我丈夫竟将须藤杀了。

我那时十分害怕，就逃走了。但是从那时开始，我就下定决心。

像我丈夫那样的恶人，为什么能在这世上活得这么长久？

吉冈警部，请您一定要原谅我，也请您可怜我的处境。我最终还是将丈夫杀死了。他准备逃跑，住进了那家海岸酒店。我闯入他的房间，将他杀死。

哎，苦命的女人啊。这就是我的故事。我也追随那些人的脚步去了……

一个苦命的女人良子

离奇凶犯

拿着手枪的男子

这次世界真的要完蛋了！地球的末日终于要来了！

山谷里巨大的轰鸣声，房屋倒塌的嘎吱声，撕裂黑暗的闪电，犹如阿鼻地狱、阿修罗地狱……是啊，正如文字描述的一样，此时世界如地狱绘卷一般。天、地和大海，顷刻间化作了一团火焰。这是一场要将活人与草木统统碾碎的大地震。

在大自然的恶作剧面前，人的力量是脆弱的。箱根的街道现在就像一个被翻倒的玩具箱，惨不忍睹。倒塌的房屋下，马上又伸出火的利爪。无法挡住的大火就在眼皮子底下蔓延开来，最终将整条街连成了一团火焰。

这是昭和五年十一月二十六日凌晨四点过四分的事情。

汤本温泉旅馆三河屋的女佣阿君瑟瑟发抖，战栗着混杂在其他避难者中，远眺燃烧正旺的火舌。忽然间，她好像想起了什么，转身朝街道跑去。

咚的一声，最初一震时，穿着睡衣的她不顾一切地跑到了外面。等她缓过神来，忽然想起一件重要的东西落在了旅馆里。

“停下！危险，停下，快停下！你看，厢房都已经被火烧得不成样子了，说不准什么时候就会烧到正房来。你停下，别干傻事！”

“不！不行！放开我！那是很重要的东西，连命都换不来！快放开我……”

“糊涂！哪儿还会有比命还重要的东西。别胡说八道了，快停下，停下……哎呀，危险！”

阿君强行挣脱了同伴们挽她的手，转身向被火吞噬的原路跑去。

柱子裂开的噼啪声传来，所到之处尽是着火的柱子。大地之轴猛烈地咆哮着，大地震仿佛要拽住每一双奔跑的脚。

她终于跑到了三河屋的大门前。巨大的屋檐嘎吱一声轰塌了。柱子发出噼里啪啦的开裂声，沙尘嘭的一声蹦了出来，与之相伴的还有蛇的舌头一样的火焰。

阿君幸运地在屋檐倾倒的瞬间向后跳了一步。命是保住了，可那件拿性命也换不到的重要物品，却没有办法拿出来了。

阿君在路中间呆住了，茫然地看着眨眼之间蔓延开来的火苗。好不容易才走到了这里——她这么一想，悔恨的泪水不由得涌上来。

就在这个时候，一个奇怪的男子忽然从火焰包围的三河屋中冲了出来。他身着旅馆的浴衣，无疑是三河屋的客人，而且阿君对他也有印象。在三河屋里，厢房和正房使用的女佣是分开的。这位客人应该是住在厢房的，她瞬间这么想道。

事到如今，还在胡思乱想什么呢？自己差一点不就埋在这房子底下了吗！阿君心想，这男子一定是在找出口，于是壮着胆子朝他走了过去。

忽然间，厢房哗啦哗啦地塌了，周围变得像白天一样明亮。靠着这光亮，阿君把男子的面貌看得一清二楚。那是个三十岁上下、肤色白皙、鼻梁端正的青年，看上去像个富家公子。

那青年见了阿君，好像吓了一跳，向后退了三两步。慌忙之中，阿君并没有注意到他的反应。“你……”她喊着靠近他。蓦然间，她被吓退了几步，因为她看到青年的右手握着一把手枪，枪口还冒着淡淡的青烟。

“哎呀！”阿君叫了一声，上前死死抱住了对方的手臂。她后来回想，自己当时也不知道该怎么做。或许是地震冲昏了她的头脑吧。

“混蛋，松手！危险，危险！”青年吃了一惊，拼命想挣脱阿君的手。但是，这个被冲昏头脑的女人力气却大得惊人。“混蛋！松开手！给我松手！”

“我不会松手的，你这杀人犯……你这杀人的恶棍！”阿君歇斯底里地叫着，猛地朝对方的手臂狠狠地咬了一口。

“哎哟，真疼！混蛋，混蛋！”就在这时，青年的手指不慎扣动了扳机。枪声响起——

“啊！”阿君尖叫一声，不由自主地松开了青年的手臂，像石头一样愣住了。

“疯子！”青年把手上的抢扔到了阿君脚边，然后一溜烟地逃进了火海之中。一眨眼工夫，青年的身影就被火焰和黑烟重重包围，消失不见了。

烧剩的惨烈尸体

第二天，天气转晴，秋高气爽。

眼前的一切完全变了，看上去像是一副精心绘制的版画。巨大的山间鸣响停住了，天空清澈湛蓝。昨晚发生的事情简直像是一场噩梦。

所幸受灾情况比预料的要轻，倒塌和烧毁的房屋加起来总共不到十栋。其中损失最大的是三河屋。三河屋的厢房已经全部烧掉，正房也有九成无法挽救了。但是年轻且精力旺盛的老板并没有显出沮丧的样子，他一边鼓励着聚在一起的佣工们，一边身先士卒地收拾起烧剩的残迹来。

现在最担心的是住客的安危。地震后，有两三位客人失去了行踪。真希望他们是去别的地方避难了——年轻的老板心里这么挂念着，来回翻弄满是尘埃的废墟。

阿君自然也在这群佣工之中。她现在身穿一件薄薄的睡衣，外面披着别人借给她的一件粗糙外套，看上去灰心丧气，表情呆滞地坐在一段烧焦的木头上，拍打着脚上沾着的灰尘。

“阿君，你可不能这么心灰意冷。什么嘛，这点小事，马上就能恢复原样的。你也应该这样想，振作起来好好干活，不然可不好办哦。”对什么事都明察秋毫的三河屋老板，见了阿君这副模样，如此安慰道，“我听说，你好像损失了一样东西，虽然不知道是什么，但据说比命还重要。不过,这可能是你个人的看法吧。这世上,有了命才会有一切，我不知道你损失的东西有多重要，但是你也不要太放在心上了。”

“不，那样东西，我早就已经放弃了……”阿君低声说道。

“是吗？这样就好……不过，你说的那样比命还重要的东西到底是什么？还害得你鼓起那么大的勇气往火堆里冲。”

听老板这么一问，阿君的脸不由得红到了耳根。

阿君是在五岁的时候被这家旅馆收养的。在那之前她在哪儿过着怎样的生活，她已经记不清了。细说起来，当时她和母亲二人流浪到这个小镇，母亲偏偏得急病死了。她眼看着就要沦落到和乞丐一样，最后还是慈悲心肠的前任老板收养了她。关于她的身世，大家详知的只有这些。

对身世如此的她而言，有一颗比生命还重要的珊瑚珠，上面刻着近江八景，雕功细致，世间少有。不知何时起，这颗珠子被她当成了母亲的遗物，从不离身，时时赏玩。对她来说，这颗珊瑚珠就是拼上性命也要保住的物品。

"哎，好吧，年轻的时候，谁心里都会有一两件不肯告诉别人的事情。不过，懂得放弃才是最重要的。别再伤心难过了，从现在开始，你可得打起精神来干活。"

三河屋老板给阿君鼓了一番劲后，就离开了。事情就是在这个时候发生的。

前面忽然传来一阵吵吵嚷嚷的骚动声，阿君抬起头，只见一段刚刚被抬起的焦木下面躺着一样黑乎乎的东西。

"我说，这不是三号房间的客人吗？"年轻老板痛心的叫声传来。

"是的，三号房间的客人，名字好像叫什么矢仓的……"

"三号房间是阿君照管的吧？喂，阿君，到这儿来一下。"

不等老板召唤，阿君早已惴惴不安地看着地上的黑色物体，凑了过来。一阵难以形容的恶臭四散，扑鼻而来。阿君凑近看了一眼，立刻吓得退后了两三步。

多么惨不忍睹的尸体！下半身被重重的梁柱压着，烧得乌黑，光是看着就觉得凄惨。活生生被火灼烧时的痛苦，原原本本地凝固在了他那张扭曲得可怖的脸上。十只手指深深嵌进了灰土里。

“是，是的，这就是三号房间的矢仓先生。”阿君不由自主地移开了目光，结结巴巴地说道。

“三号房间应该还有一位客人，那位客人怎么样了？”

听人这么一说，阿君想起来了：“是的，是位女客人，说是这位客人的表姐。”

一想到这位女客人也可能和矢仓先生一样，惨死在什么地方，阿君就不寒而栗，不由得闭上了眼睛。所幸的是，这位女客人似乎顺利地逃脱了，现场发现的只有矢仓的尸体。

矢仓是四天前和那个他称为表姐的四十岁左右的女人一起住进三河屋的。矢仓四十五六岁，一身肥膘，气色甚佳。他在住宿登记簿上写着：入住人矢仓达平，女方为表姐铃木亚希。矢仓之前曾拉住阿君对她的身世刨根究底，有时还和她开些小玩笑，是个待人十分坦诚的客人，现在却是一副如此凄惨的模样，这让阿君觉得是自己的责任，于是她忍不住流出了眼泪。

“这么说……遇难的只有这一位客人了吧。另外还有两位客人行踪不明，一位是和矢仓先生住在一起的女客人，一位是厢房六号房间的白石先生……”

三河屋老板说完，忽然又“呀，呀”地大叫了两声。“大家快看，这位客人并不是被火烧死的。看，他的头顶！上面有被枪击中的痕迹。”

听了这话，阿君自不必说，围着尸体的众人脸色都一齐变了。大家仔细一看，只见矢仓干瘪的脑袋正中间有一个小指一般大小的孔洞。孔洞周围的头发烧焦成暗黄色，发尖牢牢地粘成黑乎乎的一簇，或许这是当时从伤口中流出的血液凝结成的血块。

阿君忽然想起了那件已经被她抛到脑后的事。昨天晚上遇到的那个奇怪的客人——那个客人的手上还冒着薄烟，他不正是拿着把手枪吗?

阿君不由得咕嘟一声咽了下口水。这时，年轻老板的口中又传来一句出人意料的话:“阿君，这不是你那颗宝贝珊瑚珠吗? 瞧，就是那颗刻着近江八景的珠子。”

阿君听了，下意识地向前探出身，只见尸体紧握成拳的手指一根根被掰开，一颗细小如豆的珊瑚珠露了出来。

丝毫不差，这就是阿君从去世的母亲那里得到的——而且昨天晚上为了它打算豁出性命的那颗珊瑚珠! 它为什么会被这位客人握在手里?

大小姐的秘密

斋藤静雄一边琢磨着下电车时从后面追上来打量了他一眼的年轻女人，一边走上了从音羽通向杂司谷的长长的坡道。

离箱根地震已经过去了大约两周。

那个女人看见他之后低沉地叫了一声“啊”。她二十二三岁，长得十分可爱，可静雄怎么也想不起对她有什么印象。她看见自己后，不但低呼了一声，脸色好像也变了。这是为什么?

他带着莫名的忐忑心情走上坡道，拐进了建在右侧的一座雄伟的宅邸。宅院的门边挂了一块写着“山村平三郎”的门牌。这里是身兼男爵、贵族院议员、著名资本家，声名显赫的山村的宅邸。

静雄踩着铺设整齐的玉川砂石，走到大门口，准备按下旁边的门铃时，大门嘎吱一声被人从里面打开了，一个四十岁上下、穿着西装、看上去头脑机敏的男子走了出来。他对送他出来的女佣和蔼地道了谢，然后用锐利的目光瞥了静雄一眼，脚步匆匆地走出了宅邸。

“哎呀，您来了。来得真是时候，小姐刚才正准备打电话给您呢。”女佣见了站在大门外的静雄，热情地搭起话来。

“阿绢，刚才那个人是谁？”

“听说是警察，好像找我们家有事——哎，先请吧。”

一听是警察，静雄吓了一跳，然后一言不发地跟着女佣进去了。

这里简单说明一下他的身份。斋藤静雄，严格地说，应该是山村家的恩主。不过那都是旧幕府时代的事情了，如今，昔日作为家臣的山村一家发迹富贵，而静雄的家族反倒贫困潦倒。由于这层原因，静雄从小就被山村家收养，供他上学，直至毕业。因此，和从前相反，现在山村家倒成了静雄的恩人。

“哎呀，来得正好，我刚想打电话给你呢。”静雄进去之后，大小姐喜美子好像松了口气，把他迎了进来。这是位二十二三岁、身材高挑、笑靥可爱、容貌出众的大家闺秀。不过，她看上去总是带着些烦恼的暗影。

“刚才警察来过了吧？又是上次那件事情？”静雄从后面握住门把手，不安地朝屋里扫视了一圈。煤气暖炉上的白色火苗微微亮着，窗外梧桐树已掉光了叶子，树皮散发着寒意。

“唉，也有那件事……还有一件更可怕的事。”喜美子叹了口气，苦恼地摇了摇头。

“嗯？什么可怕的事？”

“哎，你不坐下吗？我们慢慢说吧。”

大小姐不安地让静雄坐下，自己也坐在了垫子上。

“你说的可怕的事，难道是说那个人告到警察那里去了？”

“嗯，要是这事倒还好——如果他说的是真的，我随时都愿意退下来。虽然和爸爸、和大家分别有些伤感，可是，既然除我之外有山村家的正统继承人，我这样做也是理所应当的。”

“别这样想，别这样想，现在下定论还为时尚早。那种人说的话怎么能信。”

“你还没见过那个人吧？”

见大小姐一阵蹙眉，静雄安慰道：“没见过，不过光是听他说的那些，就知道是在骗人了。真是胡说八道，说什么并不是已故夫人的亲生女儿，真正的大小姐在别处，这样的胡话怎么能相信。”

“可是，他有充足的证据呢。他手上有父亲的亲笔信，而且还强调说，把我们调换的奶妈还活着。”大小姐仿佛已经彻底放弃了，话音中没有半点情感。

要想弄清两个人这段奇怪对话的意思，还得追溯到三个星期以前。

那个男子就是凶手！

十一月某日。

山村男爵家忽然来了一个奇怪的访客。他四十岁上下，肥头大耳，气色甚佳，递来一张印了“矢仓达平”的名片，名片背后用铅笔潦草地写着“就令千金之事，务求一见”。山村家的主人刚好不在家，大小姐就代为出面接待。访客说出来的事令人无比震惊。

自今算起，正好二十年前，年轻的男爵山村平三郎在正妻之外另有一个宠爱的女人。不知是偶然还是上天的恶作剧，男爵夫人和爱妾几乎同时怀孕了。男爵听闻此事，便想方设法将爱妾生下的孩子立为山村家的继承人。于是，一桩骇人听闻的阴谋开始了。

这个阴谋，就是将正妻产下的孩子与爱妾的调换。此事必须由心腹之人来完成，而且就事情本身而言，女人比男人更合适。于是男爵收买了爱妾新雇的奶妈阿秋。

计划天衣无缝地完成了。出于不可思议的巧合，住进同一家医院的夫人和爱妾，居然在同一天晚上几乎同时各生下了一个女孩。阿秋不费吹灰之力就调换了两个孩子。

就这样，爱妾生下的孩子住进了本宅，而夫人的骨肉则被爱妾接了过去。

此后不久，爱妾做了一件蛮不讲理的事情，于是男爵狠心地与她一刀两断了。自那以后，她带着那个孩子消失得无影无踪。事已至此，男爵虽十分后悔，却已无法挽回。把这件事情闹大毕竟关乎颜面——迫不得已，他只能把爱妾的孩子养育至今。

“所以，我的意思是说，你并非山村家的正统继承人，真正的大小姐现在别处。但是，目前她还什么都不知道。”矢仓达平进行了一番说明之后，满脸怜悯地看着大小姐，如此结尾道。

这简直是个晴天霹雳，喜美子面对这个闻所未闻的可怕秘密，惊得几乎晕了过去。这是多么可怕的秘密！多么不吉利的秘密！胡说！胡说！这种事情怎么可能……

虽然她心里否定，矢仓展示的证据却证实了这个活生生的事实。父亲给爱妾及奶妈阿秋的密谋信，以及计划成功后父亲洋溢着欢喜的贺词——父亲亲手写下的那些信，是无论如何也否认不了的铁证。而且，矢仓还找到了那个如若必要随时可以作证的证人——奶妈阿秋。

“那么，你父亲是怎么说的？他也承认这是事实吗？”静雄一边思考着大小姐告诉他的这些事情，一边不快地望向窗外的梧桐树。

“是的……可是，父亲又说，事到如今，要把我和她换回来有失体面。他打算把相当一部分财产分给那个女儿，而我依旧当他的继承人。我宁可痛快地来个了断。”

“荒唐！请你不要考虑这种荒唐的事。”静雄语气强硬地责备道，接着又说，“那么，所谓的另外一个女儿现在在什么地方？”

“这……这我就不知道了，不过那个人和我同名，只是汉字不一样，她叫君子[①]。可是，静雄，今天警察来并不是为了此事，事情比这个更严重。警察告诉我那个姓矢仓的人被杀了。”

“嗯？矢仓被杀了？”

“是的，而且目前凶手不明。警察经过各种调查，发现他最近经常来这里，所以来向我们寻找线索。”

“他们说矢仓被杀了……是在哪里被杀的？”

“在汤本的温泉旅馆。你知道吧，之前不是发生了一次地震吗？他是在地震的时候被手枪打死的，和他在一起的奶妈阿秋现在也失踪了。同时失踪的，还有那家旅馆一个名叫白石稔的客人，警方好像怀疑他是凶手……”

静雄忽然从椅子上站了起来，只见他双手握拳，瑟瑟发抖，额头满是汗水。接着，他好像是被什么打垮了一样，开始呻吟起来，同时

①在日语中“喜美子”和“君子”的读音相同，都为KIMIKO。

扑通一声重重地坐回到椅子上。

“哎，静雄，你怎么了？身体不舒服吗？”正当喜美子吃惊地想要凑过去时，走廊里传来了一阵忙乱的脚步声。

门忽然被打开了。门口站着刚才到访的那名警察，身旁是几名神情严肃的巡警。警察后面，一个女人战战兢兢地呆立着。就是刚才那个女人！静雄下车时追上来看了他一眼的那个女人！

静雄此时忽然回想起来，她就是阿君，三河屋的女佣阿君。

阿君伸手指着静雄，虽然害怕地缩起了肩膀，话却说得一清二楚：“是的！就是这位先生杀害了矢仓先生，不会有错。地震的时候，他拿着一把手枪逃走了，我看得一清二楚。”阿君铆足了力气说道。

阿秋的出现

“喜美子，你要去哪儿？”男爵这段时间一直劳心费神，一下子变得苍老了。见了喜美子不同寻常的表现，男爵吃了一惊，想要阻止。只见喜美子正准备行李，似乎要去长途旅行。

“我要离开这座宅邸。”喜美子声音冷冷的，话里藏着无尽的悲伤。无法洗去的屈辱和污名——这一切都是因为父亲过去犯下的罪孽。如果只是自己受罪，那她还可以忍受，可是连自己最爱的男人也为此事落得在冰冷的牢狱中呻吟的地步——一想到这里，她就恨不得立即离开。

自静雄被捕已经过了两个星期。如今，所有的秘密都被公开了。私生女、被调换的孩子——走在街上，仿佛处处都能感受到人们眼中释放出的嘲讽，甚至连家中的女佣好像也在暗地里说着坏话。

喜美子本想一个人默默承受，可一想到静雄为了自己，竟然犯下如此骇人的大罪，就感到一股无法忍受的懊恼。

自从被投入监狱，静雄就中断了一切与外界的交流。不管他如何申辩，在喜美子眼里，他明显是有罪的。

他尾随矢仓和阿秋，用化名住进了同一家旅馆，光这些就有足够的嫌疑了。而且，有人发现他手上握着一把冒着青烟的手枪徘徊在现场，就算是再替他说话，也难说他是无罪的。

可是，当被问起时，静雄说使用化名并没有什么深意，而是之前就一直有这样的坏习惯。而且，无论是矢仓还是阿秋，他都素未谋面，更不可能跟踪他们。静雄拼命辩解说，与他们住在同一家旅馆完全是出于偶然。但是现在谁还会相信他呢？

警方已经下了定论，不过为了使证据更加充足，他们还需要找到地震之后一直行踪不明的奶妈阿秋。不知为何，自那以后，阿秋就销声匿迹了。乃至于有人推测，静雄把她杀了，然后藏到了什么地方。骇人听闻的双重谋杀。不管怎样，这都是出于对喜美子的爱，而一切都源自喜美子的父亲播下的那颗已经发芽的罪恶之种。

“喜美子，你是说要从这个家里搬出去？”男爵呻吟道，“你出了这所宅子，究竟要到什么地方去？”

“我也不知道，不过，我一定会自食其力地活下去，不会让父亲担心的。”

“喜美子，你这是认真的吗？你就不能再考虑考虑吗？”

喜美子只是紧闭嘴唇，什么也不回答。男爵见已无法改变女儿的决心，发出了一阵绝望的呻吟。

喜美子沉默着将要出门。

这个时候，忽然有人慌慌张张地从外面跑了进来。“男爵，啊，小姐也在。请快到我们那边去，不得了了，阿秋她……”

一听到阿秋的名字，男爵和大小姐都不由得变了脸色。

“啊，楠山，阿秋怎么了？”

“她住在我们医院里。总之，别磨蹭了，人命关天，警察那边我已经打过电话了。”

楠山是平日里负责照顾男爵的某医院院长。他说，几个星期之前，正好是箱根地震发生之后，一个倒在路旁的女人被抬进医院接受了治疗。因受伤严重，话也不怎么能说，所以一直以来，院方都不知道她是谁，来自哪里。

“不过，她最近情况有了好转，今天让护士给她看了报纸。一看报纸，她忽然病情发作，嘴里不停地说着男爵的名字。刚才好不容易才压制住了情绪，现在，她提出务必要见男爵。她好像有什么秘密。”

在楠山院长的催促下，父女二人坐上来接他们的汽车，院长简述了事情的经过。

如此一来，阿秋行踪不明并非毫无缘由。她原来是被附近的楠山医院收容了。可是，啊，她在弥留之际究竟会吐露什么秘密呢?

想到这里，喜美子不由得双手抱头，垂了下去。

逐渐解开的谜

“老爷——啊，没错，真的是老爷。这位就是小姐了……啊，长得多么漂亮啊！”

阿秋撑着衰弱的身体勉强从床上坐了起来，满脸怀念地看着喜美子。她的脸上深深地印着无法掩盖的死亡阴影，喉咙总是堵着，喘不过气来。

见到如此情形，喜美子忘却了所有的仇恨纠葛，如果可以，她愿意待在阿秋身边，说上一句安慰的话。可是现在，所有可能让阿秋兴奋起来的举动都是被禁止的。

死一般沉寂的病房中，除了男爵和喜美子，另有三两个警察神情严肃地或坐或立。他们心情紧张，生怕漏掉从这濒死的病人嘴里说出的一字一句。

“老爷……我是个坏女人。事情变成这样，一切，一切都是遭受了天谴。可是，可是老爷，两位小姐的事我是永远也忘不掉的。”阿秋用微弱的声音开始讲述。她清一清堵在喉咙的痰，费尽力气说话，光是看着就知道她的努力有多么痛苦。“是，是的，那个时候，我按照老爷的吩咐，打算调换两位小姐。可是……可是，老爷，我其实并没有调换。我只是欺骗老爷和夫人说已经调换过了。”

“什么?！”

听了这话，男爵和喜美子的脸色唰地变了。男爵受到的震惊尤其大，他忍不住要探出身子说些什么，但在医生的提醒下，最终忍住了。这是多么出人意料的事情！这个深藏的秘密，至今连男爵也毫不知情。

“无论我的心肠有多坏，我也不知道该如何完成这件可怕的事。看着两个无辜的婴儿，谁都干不出这样伤天害理的事情。可我却，可我却……”

阿秋拼命地讲着。她知道自己死期将至，必须在死之前把这个秘密说出来，所以话语显得有些焦急。

“我最近向我的表弟达平泄露了这件事。达平是个恶人，他说，虽然两位小姐并没有被调换，可您却以为已经调换了，所以想拿这件事搞鬼。于是他开始去找那另外一位小姐。他不知道用什么手段打听到那位小姐在汤本的一家温泉旅馆当佣人，就强拉着我去了那里。小姐确实是在那里——是的，当时老爷送给夫人的那颗刻了近江八景的珊瑚珠就是证据。可是，可是，这大概就是天谴吧，当天晚上就发生了大地震……”

阿秋说到这里，疲惫地闭上了眼睛，接着，又微微地睁开了眼。

“在那场地震中，我们两个人都被压在了重重的房梁下面。就在挣扎的时候，火烧了过来……不管我们怎么叫喊，就是没有人来救我们。我心想，这怕是我的死期了。我只当这一切……这一切都是我做下恶事而受到的天谴。可就在这时，一个年轻人出现了。见了我们，他大吃一惊，飞快地来到我们身边，先把我从房梁下拉了出来。是的，就是那位先生——今天早报上登的那位先生……”

阿秋所说的无疑就是静雄。根据这一叙述，静雄救了阿秋。可是，为什么他后来又把达平打死了？大家都凝神看着吞咽积痰的阿秋。

“我做梦也没想到，那位先生居然是小姐的未婚夫。那位先生好像也不认识我们，他不顾自己的安危，拼命要把我们救出去。可是，哎，真可怕！”

刹那间，阿秋好像因为想起了当时的情景而停了下来，身体打战。看来，终于要说到静雄那可怕的犯罪场景了。

“啊，我必须说清楚。那位先生——那位先生，他故意保持沉默，怕是因为照实说了也没人信吧。所以，所以——我必须说清楚。那位先生当时竭尽全力要救达平。可是，多么揪心啊，压在达平身上的那根柱子，靠一两个人的力气根本搬不动……这时候火越烧越近，达平的脚已经沾上了火。

“‘救救我！你就当是救我，痛快地杀了我吧！’达平痛苦地挣扎着喊了一句。‘我胸前有把手枪——照着我的脑袋开枪吧！’达平苦求那位先生。听他这么一说，那位先生和我都吓了一跳。可是，达平无论如何也救不出来。于是我也说，干脆杀了他，就像达平说的那样，痛快地杀了他，反倒是一桩功德。那位先生犹豫了一阵子，最后还是狠下心，就像达平说的那样，是的，就像他说的那样，干了那件事。所以……那位先生，那位先生，并没有，杀人。是的，就算是杀人，各位……”

话说到这里，一阵濒死的痛苦痉挛忽然袭击了她。手脚几番抽动后，她最终睁开了眼。

大家看着她，都知道到弥留之际了。

“各位，那位先生……那位先生他……啊，男爵老爷，另一个小姐现在在汤本的三河屋……她是阿君小姐……珊瑚珠就是证据。”

说完，阿秋松了劲，僵在了床上，脸上浮现出因吐露了一切而安下心来的平静神色。

喜美子看着阿秋，一种难以名状的感情让她浑身颤抖。经历了激昂之后，安心和喜悦的心情让她微小的灵魂回归平静。

“爸爸！”她喊出这么一句之后，无言地把脸埋进父亲的胸膛，潸潸地流出了眼泪。

“脉搏已经停止了。”这时，一位掐着阿秋手腕的医生语气严肃地说道。

螃蟹

一

唱片歌手二宫骏吉即将进行一次从近畿地区横跨中国地区[①]、九州地区，为期一个月左右的演奏旅行。五郎在东京车站送走他，又被三两个朋友拉到银座喝了几杯，然后还到其他地方瞎逛了一阵，不过他还是平安地回到了牛込区的公寓里。此时已经过了晚上十一点。

“听说东京的晚上很危险，你还是别乱喝酒的好。”当他还住在乡下的时候，姐姐曾这么告诉过他。而他自己也深深地引以为戒，不过，今天遇上的是阔别好多年的昔日好友。

“胡说八道，乡巴佬就是这一点不好，看到报纸杂志上说了些什么事，就以为整个东京都是这样。虽然我也怕过，不过我一连三天醉酒不醒的时候都有，还不是从来没遇上过什么事。走吧走吧，带你这个乡巴佬见识见识东京。”

朋友这么一番怂恿，正中他下怀，再看看大家都是一脸无所谓的样子，他忽然觉得那种“大城市的晚上很危险”的说法也该打个折扣，

①日本地理划分上的中国地区，位于日本中西部，包括山口县、广岛县、鸟取县、岛根县、冈山县五县。

于是跟着大家一起轮番喝了两三家小店。

“你怎么老是战战兢兢的。什么？违反政令？你瞎说些什么呢？这些东西不过是小说家编不出剧情的时候拿出来的。你看，那伙人肯定就是从什么地方喝了酒过来的。”

看着一伙人步履蹒跚地走在幽暗的银座街道上，五郎点点头，心想原来不过如此。

“你小子，三年不见，完全变成乡巴佬了。你可得闯一闯才行哪。”

“五郎从小就胆小怕事，疏散过后，看上去越来越像个胆小鬼了。哎呀，你也来感受一下战败之后这城市的气氛嘛。”

朋友们向他一一说明那些曾经熟悉的景致，从一家酒馆喝到另一家。他最终到达公寓附近时，脚步已经乱得不成样子，可早已换成一副天不怕地不怕的心情了。

正值初秋时节，夜晚浓雾弥漫，公寓楼的灯基本都熄了。透过浓雾，能看见一轮月亮。在湿漉漉的白月光下，一幢钢筋混凝土的大楼顽固地盘踞在地面上。

五郎手扶公寓的墙壁，撑起晃晃悠悠的身子，绕到公寓侧面。这幢容纳了几百人的公寓，后门一直敞开着，没有门禁，只要注意好自家房间的门窗安全，出入公寓是自由的。

五郎走进后门，从水泥加固的里院朝通往自己房间的楼梯走去。他颤抖地睁开模糊的眼睛，用飘忽的眼神吃力地看着浓雾对面。正当他踏上台阶时，浓雾中忽然晃出了一个人，啪地把手电的灯光打在他身上。

“你干、干什么？”五郎的眼睛瞬间花了，他慌忙把飘乎乎的身子靠在墙壁上，差点就一屁股摔在了地上。

“啊，对不起。”对面的人关掉了手电，接着说道，“我认错人了，不好意思。”

“什么？认错人？”

“是的，我在等人，他今天晚上要回到这里……请不必在意，放心上楼吧。”

隔着浓雾，五郎没看清对方的面孔。不过，浓雾中对方的轮廓模糊可见，是个身材十分矮小的男子。虽然还没矮小到一寸法师[①]那程度，可还是非常矮。此人说话的语气异常沉着，这让五郎有些不快。

五郎打算用难听的话骂上一句，但又搜寻不到合适的词语，嫌麻烦便放弃了。对方透过浓雾，打了一个让他快上楼的手势。这男子头戴一顶呢帽，深深扣到眉间，薄外套的领子立着。虽然是个矮子，一身着装倒是有模有样。

五郎朝他咂了下舌，表达了起码的敌意，然后转过身，东倒西歪地爬上了楼梯。他的房间是四楼的第一间房。

五郎从口袋里掏出钥匙，插进锁孔，但他马上露出了一副吃惊的表情：门完全是开着的。

“奇怪！走错房间了吗？”

五郎睁大醉眼，四下张望了一下，可是这上楼以后的第一间房，无论自己醉成什么样子也错不了。如果要说错，那就是走错了楼层。可是，酒醉人不醉，五郎也不觉得自己走错了楼层。正是因为他明白自己喝醉了，才特别小心地确定走过了二层、三层来到了这里。

五郎身体晃悠着，走到门边仔细地看了一下。只见朋友的名片实实在在地贴在门上：“二宫骏吉”。

---

①日本神话故事中的矮个英雄，也有讽刺人身材矮小的意思。

“什么嘛，果然还就是这间房。”五郎的喉咙里发出一阵咯咯的笑声。他伸手去握把手，马上又吓了一跳，怔住了。

出门的时候，二宫把锁锁好，然后对他说道：“好吧，这把钥匙就交给你保管了。接下来一个月你就是这间房的主人，嗯，好好安排你这个月的活动吧。”

五郎想起了钥匙落到自己手上的情景。可是现在门却是开着的。

“有客人？”五郎一下子绷紧了。曾经在报纸上看到过的都市夜晚的种种危险，清清楚楚地浮现在了脑中。他握着把手，把耳朵贴到门上，凝神听着室内的动静。

有人，有人！确实有人在里面。咯吱咯吱撬东西的声音，慌乱的翻动声，还有来回走动的声音——这些声音似乎来自最里面的房间。

这幢公寓虽说在战时经受了严重的破坏，但房子建得牢固，墙壁也厚，在最里面的房间根本听不到走廊里的声音。看来房间里的来客并没有发觉五郎已经回来了。

五郎眯眼窃笑起来，全身沸腾起一种醉后特有的、不顾前因后果、胡打莽撞而又漫不经心的闯劲。五郎悄悄地打开了门。

这套公寓房一共有三个房间，一进门，先是厨房、浴室和盥洗室胡乱组合的狭窄房间，接下来的一间有六叠大小，最里面的一间有八叠大小。二宫把床摆在那间六叠大的房间里，拿它当卧室，而八叠大的房间则作为书房和客厅使用。如今，对一个单身汉来说，这样的住所实在奢侈。

整个屋子的灯都没开，房门敞开的八叠大的房间里，不时有模糊的光束晃来晃去。看来那位来客是带着手电来的。

五郎把背紧紧贴在墙上，慢慢潜到那间房的门口，悄悄地窥视起里面来。

有人，有人，来客背着自己，正在翻弄二宫的桌子。因为光线幽暗，五郎看不太清，不过看得出客人对这样的活计并不习惯，正呼呼地喘着气，好像心慌意乱。

五郎利落地溜进了屋内。“哎呀，欢迎光临！”五郎喊着，啪的一下打开了墙壁上灯的开关。这时，他愣住了。

对方是个女人——而且是个长得年轻又美得耀眼的女人。

二

后来想想，这一切都是酒力使然。

正如他朋友们所取笑的那样，五郎从小就事事小心。凭着他这种连桥都要摸着过的性格，他是不会喝醉了发酒疯，做出这种明知小偷进来了，却还敢让小偷吓一跳的事情。

可是，那天晚上，朋友几个合计起来，都指责他太胆小，而他被这一说，也自觉人活于世，绝不应像自己这样胆小怕事地生活下去。被这种颓废主义煽动起来的五郎，看到眼前站着一位美丽的擅闯者，非但没感到事情蹊跷，反倒在心里涌起了一股欢快的、撩动人心的淘气欲。

“哈哈！这可真是意外，太意外了。你这样一位大美女，深夜悄悄来访，真是鄙人无上的荣幸。哈哈哈！”五郎歪歪扭扭地把身子靠在墙上，一顶帽子像要落下来似的挂在后脑勺上，两只脚重重地轮流踢着地板。他用醉酒后特有的破嗓子毫无分寸地大笑，这声音有多么粗鲁无礼，连自己也不曾察觉……

女人背向桌子，直挺挺地站着，脸色如纸一样苍白，浑身微微打战。五郎直勾勾地盯着她，仿佛一只猫在耍弄老鼠。

女人年龄二十四五岁，留着短发，修长的四肢匀称利落，皮肤像上乘的丝织品一样，仿佛自里向外发着光。她穿着一件浅绿色的宽松短大衣，大衣敞开着，里面一身粉色的连衣裙，脖子上绕着一串珍珠项链，这身装扮在她身上恰到好处。一只黑色大手提包挂在左腕上，右手塞在包里，眼睛一眨也不眨地看着五郎。总之，这是个样貌非凡的小偷。

五郎目不转睛地看着她，感慨道，真是一双大眼睛啊。此时他混沌的脑中想，她这副眼神，简直要把自己整个儿吸进她的眼睛。不过醉成烂泥的五郎却没注意到，那双眼睛里藏着黑暗的憎恨如暗火一般闪动着。

“我说，你有何贵干？”五郎背靠墙壁，从口袋里掏出一支烟，叼在嘴里，然后咔嚓一声用打火机点着，呼地朝女人喷了一口。

这样的行为，五郎在正常状态下是绝对做不出来的。这个样子是十足的装腔作势，厚颜无耻且极惹人厌。但他当时却并没有察觉。仿佛他三年间沾染上的乡下人做派一下子倾泻在了这场都市的闹剧中，这又陡增了他满心乱撞的兴奋和愉快。他此时有一种莫名的优越感：这种女人，管他一个还是两个，老子足够摆平。

“有何贵干？”女人眼中闪出了难以形容的厌恶，好像在尽力遏制自己的感情，但还是不由得发出了颤抖得变调的声音，“有何贵干？你难道不知道我在干什么吗？你这恶棍！”这最后一句话攒足了女人无尽的憎恶。

“你这恶棍？”五郎故意睁大眼睛做吃惊状，鹦鹉学舌地反问了一句，“你这恶棍……哈哈！恶棍吗，你说我是……”五郎看出对方认错人了，于是更加愉快地大笑了起来。

这个女人看来知道屋子的主人二宫骏吉今天出去旅行，好一阵子不会回来。她说的恶棍应该是指二宫骏吉。

二宫骏吉是战后突然走红起来的歌手。

有志成为音乐家的二宫骏吉，想要成为小说家的野村五郎，和今晚强拉五郎喝酒、一心想当画家的佐伯彻郎，这三个人在战前共同在团子坂的一户大杂院里过着艰苦的生活。虽然艰难，但各自都怀揣着彩虹美景般的梦想，他们过着有上顿没下顿的生活，却一直保持着年轻人特有的热情。现在想来，当时过的真是开心愉快的日子。

后来，战争中断了他们的共同生活。二宫骏吉被抓入军队，遣送到中国；画家佐伯被一家军工厂征用；野村五郎也被拉入军队，却因胸部染疾，很快就被开除，便去了中国地区的姐姐家，靠在女校当老师打发空闲时光。

战争结束后，二宫从中国回来了，佐伯也解除了征用，开始画画。两个人频繁邀请五郎到东京来，但是战后的变革拖垮了五郎父母家的生计，如今他连做梦也不敢想父母会像曾经那样给他寄生活费。如此一来，在城市的衣食来源和经济状况，让胆小的五郎犹豫不决。

在乡下生活，吃饭不是问题，这种贪图安逸的想法拖住了五郎去东京的脚步。而就在这段时间里，二宫迅速成为了十分卖座的歌手，从剧场、电影和广播节目中脱颖而出，常常被报纸和杂志的娱乐版誉为战后演艺界最成功的人士。

佐伯也走着他的路，去年秋天展出的画作大受好评，也开始被人称作战后画坛的一员骁将。

这样一来，五郎也坐不住了，不得不和乡下的安逸生活做些妥协。他拿起了久违的笔，写下一篇小说，寄给了昔日的朋友。这篇小说发表在了杂志上，有幸获得了好评。在这些好评的鼓励下，他又接连写了两三篇小说，都很受欢迎，连同他战前向同人杂志投的一些习作，也重新开始成为文学界注目的焦点。

就这样，向来谨小慎微的五郎开始觉得，现在去东京生活也不会是件难事了。正当此时，二宫骏吉来了一封信。

二宫在信上说，他将进行一次为期一个月的演奏旅行，这期间公寓空着。他问五郎是否愿意来为他看家，顺便做一下将来的打算。

这对五郎来说无疑适逢其会，于是他辞掉了女校的工作，马上去了东京。二宫在他到达的当天晚上就从东京出发了，此时正是他送走二宫之后，回到二宫家过夜的时候。

五郎忽而想起了刚才在楼梯上遇到的那个男子，这才把两处情况联系起来，于是不由多想，自言自语道："啊，原来如此。"他说完眯眼笑了起来。

那个男子正是在把风，看二宫是否回来了。或许二宫一回来，他就会以吹口哨或者什么方式来发出信号。五郎这么想，是因为看到这屋里面向里院的窗户开着。

可是，二宫并没回来，来的是五郎。那个男人不认识今天刚从乡下过来的二宫的朋友，更是做梦也没想到，五郎成了房子临时的主人，所以他没有多想，直接放五郎过去了。而眼前这个女人，居然把他当成了二宫！

这么说来，楼下的男子认识二宫，而这个女人却不认识……五郎觉得越来越有意思了。他玩心大发，打算戏弄这位美女一番，让她干着急，给自己寻些乐子。

“你说我知道你在干什么……哈哈哈，这可让我有点犯难呢。啊，对了，小偷的贵干嘛，当然是偷东西了。”

“小偷？”

女人唰地连眼皮都红了，嘴唇因恼怒而颤抖。

哟，生气了，不过还挺可爱的……“哈哈哈，不好意思，把你叫成小偷了。不过，大晚上的，你未经允许就进人家的屋子，还在里面翻来翻去，任谁看了都会说成是小偷吧。你到底想要什么？”

五郎看了一眼被翻得一团糟的桌子，女人翻找过的主要是书本一类的东西。五郎恍然大悟。二宫骏吉是个待朋友讲义气、甘愿赴汤蹈火的人。但是与此相反，他在对待女人的问题上却常被人说太花心。以前，当他们还在一起艰苦奋斗的时候，二宫就经常在女人方面出问题。战后，他一跃成为人气歌手，这种病态也随之水涨船高，此类绯闻经常会出现在媒体上。

这个女人恐怕也是被他的薄情所伤害的众人之一。所以，考虑到自己曾经头脑发热写下的情书之类的东西将会给生活和名誉带来影响，才找上门来想把那些东西取走。可是，她居然不知道二宫的长相，实在不可思议……

“拿出来！”女人用尖锐的声音命令道。

“你想我拿什么出来？我可没有读心术，你不说清楚，我可拿不出来。”五郎的口气越来越猥琐了，可他却全然不知。

“你装傻也没用！”女人的舌头像鞭子一样发出尖厉的声音，“我是来……我是来拿那张照片的！”

“照片……什么照片啊？”

“卑鄙小人！你不要欺负女人！”女人猛一阵跺脚，就在此时，楼下传来了一阵尖锐的口哨声。女人听了先是一惊，然后朝窗外看了一眼，接着立刻离开书桌，走向门口。

五郎飞快地挡在了她面前。

“让开！”女人满腔愤怒都集中在了眼眸里，抬头瞪着五郎，喘息着命令道。

“哈哈哈，真狡猾，太狡猾了！喂，你，你到底是什么人？你没必要用这么狠的眼神看着我嘛。你要是不摆出这么凶神恶煞的样子，可真是个大美人啊。我可真招架不住你。”

“让开！”

“让不开，我，我……”五郎忽然伸手抱住了女人的双肩。

“你要干什么！恶棍！”女人想要挣脱,五郎却死死抱住她的肩膀。女人在五郎的手臂下激烈地反抗着。

“哎呀，别这么闹嘛。夜色多好啊。好不容易相见了，怎么能就这么分别呢？喂，你安静点！”

“混蛋！混蛋！真恶心！放开我！”扭斗间，女人的外套滑落到了肩下。

“嗯！这是什么？”

女人被拉下的衣服下面，露出了肩膀。女人慌忙想要把衣服拉回去。五郎吃惊地望着那肩膀。女人的左肩上，孤零零地爬着一只旧式铜钱大小的红螃蟹。那并不是真螃蟹，而是一处螃蟹刺青。

“啊，这，这是……”五郎慌忙重新打量了一下女人的脸，忽然哧溜一声异响传来，他只感到一阵横贯腹部的灼烧感，随即像是浑身的骨头都给抽走了，瘫倒在地。

三

“哎，算你运气好。我那天没赶上末班车，无奈只好去你那儿蹭一晚上。幸亏当时追着你去了，要是一晚上放着你不管，出那么多血，谁知道会怎样呢。”

“是啊，谢谢！多亏你救了我。”五郎的脸因贫血而显得苍白，他抽搐般扭曲着脸笑了，接着说道，“对了，你见到那个女人了？”

“嗯，见到了。我从二楼走向三楼的时候看见的。她像是要摔倒似的从上面冲下来，差点和我撞在了一起。我当时就觉得奇怪，但并不知道发生了这样的事。没把她抓住，真是可惜了。不过，那个女人到底是什么人？当时黑灯瞎火，我根本没看清她的样子，你应该比我看得更清楚吧？”

五郎左右晃了晃靠在白枕头上的脑袋:“这个嘛，我也感觉很突然，所以没看得仔细。当时我只是觉得屋里有人，我就是在开门的那一瞬间被打中的，根本没来得及看她的长相，只觉得是个年轻女人……”

“唔。”画家佐伯彻郎用怀疑的眼神注视着五郎，“警察好像很怀疑你的陈述。他们觉得你隐瞒了什么……”

“不要瞎说。我有什么理由隐瞒事实呢？”

“话是这么说，可你已经知道她是个年轻女人了，再说你又是个出了名的女权主义者。”

“别说这样的蠢话了。我就算再怎么偏袒女人，也不至于去包庇一个试图杀我的女人吧。如果说那个女人跟我有过节倒还说得通，可我离开东京三年，好不容易来了，才在朋友家住一晚就被她弄伤了，我怎么可能会认识她？”

“是这么个道理，我也一直向警察强调这一点，他们应该能理解吧……总之，像你这样品行端正的人，居然还会遭这样的灾，命运真是捉摸不透啊。最相干的二宫那家伙却毫发无损地搞演奏旅行，那小子一准儿是个扫把星。”

品行端正——五郎被佐伯这么一说，浑身感到热辣辣的。一想到那天晚上那些连自己都觉得害臊的内心冲动，他就不由得自嘲：落得此下场也是活该。

“不过，二宫好像还没表示什么。”

“不，这件事情登报之后，他马上从大阪发电报来问候了。那小子好像也很吃惊，让我把详细的情况告诉他，于是我把我知道的全都说了。”

“你知道的是……”五郎的眼里忽然闪现出了不安的神色。

佐伯察觉到了，却佯装不知，继续道：“瞎猜什么呢！我说的是那天晚上楼下的那个人。你也说起过他不是？就是那个站在雾里、像一寸法师一样的矮子。那家伙拦下我，问我去哪儿，我回答说，去二宫家里借宿。那家伙就吹起口哨来了。所以，虽然我没看清那个女人，但还是问了二宫是不是认识那个和女人串通在一起的矮子。我告诫他说：‘如果认识，那就千万小心，因为野村就是因为被当成你而受到了袭击。要是他们看过报纸知道搞错了人，说不定什么时候还会找上门来。’”

佐伯放开嗓子大笑了几声，然后说道：“不过，二宫的女人问题闹到这个地步可有些严重了。我本以为，他这个人就算再怎么花心，也不至于有生命危险……事到如今，我也不得不多考虑一下了。”佐伯表情严肃地沉默了。

五郎脑袋沉在枕头里，出神地思考着，忽然想起了什么，问道："佐伯，二宫现在在哪儿？"

"这个……今天应该到冈山了吧。接下来准备到广岛、下关走一圈，然后渡海到九州去……"

"写信的话，寄到什么地方好呢？"

"嗯，他说寄到福冈去，我有他的地址。你是不是有什么话要对二宫说？"佐伯用好奇的眼神打量着五郎。

五郎轻轻一摇头："没，也没什么重要的事情。你写下他的地址留给我吧。"

"嗯，好的。"佐伯摊开记事本，把二宫的地址写下，没过多久就回去了。

事发两周之后，五郎终于出院了，今天刚刚回到二宫的公寓里。

那天夜里，他恰巧被来到这里的佐伯发现，然后便是一番骚动。他马上被送到了医院，所幸子弹没有击中要害，因此算不上多严重的伤。不过，后来经过警察的一番严厉的讯问，他反倒感到心里的创伤开始阵阵发疼起来。

女人做出如此被逼无奈的举动，自然是因为他那些不检点的行为。回想当时那些鲁莽的举止，五郎就身体发热，感到一阵自我嫌弃，对自己的责备甚过对那女人的憎恨。他在面对警察的讯问时竭力对女人的长相含糊其词，可能缘自他因受良心谴责而产生的赎罪感。但是，他之所以要包庇那个女人，有着另一个不为人知的原因。

五郎头靠在枕头上，迷迷糊糊地想着这件事。忽然，他感到胸口一阵潮热。那是一桩连接着久远过去的、梦一般令人怀念的回忆。

五郎出生于神户，十三岁那年因为家庭的变故，被寄养到中国地区的O小镇亲戚家。O镇是一个面向濑户内海的小村镇，主要财源是制作塌塌米面和制盐。小镇上一个名叫山内总兵卫的人主管这两方面的事务。除此之外，总兵卫还把持着拖网船的渔业权。所以，一提到O镇的山总老爷，谁都要敬他三分，用现在的话来说，他是个不折不扣的大佬。

寄养在亲戚家的五郎，每天上学途中都要经过山总宽敞的宅邸。五郎绕到宅邸的背后，就能看见围墙内建着好几座白色的土仓房。此处位于O镇的山脚，从山间流出来的清澈溪流绕着山总家的外墙流过，经常可以看见成群的鳉鱼。每到春天，小溪的岸边就会被莲花和蒲公英那明亮的颜色涂装一新。

五郎从小生活在神户遍布垃圾的平民区，很少见到这样的景色，加之初来乍到在这个小镇上没有什么朋友，所以总是选择这条寂静的小路孤零零地一个人上学。对他而言，上一所不熟悉的学校是很痛苦的事，所以每天早晨上学时，他一定要在这条小溪边尽量地磨磨蹭蹭。

这一日也和往常一样，他在小溪边追赶着鳉鱼群。

“哎？他又在那边玩起来了。”一阵稚嫩而细微的声音传来。

五郎吓了一跳，抬起头，只见面前的木围墙刚好开了个缺口，上面是一个土堆，土堆上有一丛矮灌木权当栅栏。就在这栅栏后门，一座土仓的窗里，一个九岁左右的可爱小姑娘正笑眯眯地看过来。

直到现在，五郎闭上眼睛依然能清清楚楚地浮想出当时的场景。那时尚是早春，南国的朝阳和煦地照在土仓的白墙上，上面开出的小窗宛若一个画框，一个少女的上半身居身框内，看上去就是一幅绝世名画。

少女的头发在早晨的阳光下泛出金色，系在左边的发绳十分可爱，恍若世上少有的珍品。少女略显瘦削，肤色如即将移入蚕床的蚕，仿佛阳光一照就会通透肌肤。一双圆圆的黑眼珠大得出奇，睫毛也惊人地长。

五郎刹那间像被雷击中了一样，站在那里一动不动。他全身沉浸在快意里，感到一种触电般的麻醉感。接着，不知为何，一股淡淡的忧伤涌上心头，又变成一种想哇哇大哭的冲动。他一溜烟地跑开了……

自从那件事之后，五郎再也不是旁若无人地经过那段路了。一走到土仓前面，他心中就一阵慌乱，于是故意快步走过。虽说如此，可是一旦见不到土仓背后的少女，他又感到一股如失至宝的寂寞。

五郎不知何时得知了这个少女是山总老爷的女儿，因为身体孱弱而没能入学，一直都像那天他见到的那样，寂寞地待在土仓里。他还知道，山总老爷出于某种原因，很讨厌那个小女孩，对她很冷淡。这些情况交杂在五郎的心中，让他感到了重重压在心头的哀愁。

有一天，五郎与少女搭上了话。土仓紧靠着围墙内侧，围墙并不高，所以踏着东西翻过并非难事。五郎看准四下无人的时机，嗖的一下潜入土仓旁边。“你叫什么名字？”

“我叫秋子，你的名字是五郎吧？”少女天真地低下头说道。

“嗯，可是，你怎么知道我名字的？”

“我问过家里人了。野村五郎，对吧？还有，他们说你是班长，很会读书呢。”

五郎高兴得心里怦怦乱跳。“你为什么不去上学呢？听说你身体不好，可是一点也看不出来嘛。”

听五郎这么一说，少女十分伤心地垂下了睫毛。“不，不好，我的身体特别不好，所以不能去学校。”少女流下眼泪，啪嗒掉在五郎脸上。泪水沾湿的地方一阵灼痛。

五郎渐渐发现了一个奇怪的现象。少女的头发上总是系着一条红发绳，但是系的位置并不是每天相同，有时在左边，有时在右边。红绳系在左边的日子，她非常温和友好；而红绳系在右边的时候，她的态度就不是那么回事了。

有一天，五郎看见红绳系在了右边，于是说道："呀，你今天把发绳系在了右边，为什么不系在左边呢？我更喜欢你把发绳系在左边的样子。"

少女摆出一副生气的面孔，转身走到土仓里面去了。

就这样，时间转至夏天。一天傍晚，五郎抓了一只萤火虫，拿到土仓少女的面前。在那之前，五郎一直都是在土仓下面对着她说话，而那一天，为了把萤火虫交给少女，他搬来了两个空箱子，堆在土仓边，然后爬了上去。虽然还是够不到窗户，可他能比以前更近地看见少女了。嗅到少女身上散发出的甘甜，他开心得不得了。少女也十分高兴，把身子探出窗口，伸出手来。这时，一阵晚风呼地吹来，哗的一下将少女和服的袖子翻卷了起来，从袖口可以窥见她的腋下。

五郎忽然感到全身发热，慌忙伸手拽住了少女的袖子。这下，少女的左肩全部露了出来。此时，五郎看得一清二楚，少女的左肩上文着一只铜钱大小的螃蟹……

四

那个少女现在怎么样了？五郎躺在二宫的床上，呆呆地想。

那年秋天，五郎离开O镇，回到了神户的家里。分别的时候，五郎摘了一大把红色的彼岸花送到了土仓少女的手中。少女依依不舍，唤着五郎的名字，拉着他的手不肯放开。

五郎回到神户后不到半年，就听到了一个骇人听闻的消息。告诉他的是一个从O镇来的亲戚。亲戚说，五郎离开O镇三个月后的某天晚上，山总老爷被人残忍地砍死了，土仓里的少女不知去向。五郎还听说了一件山总老爷与少女之间可怕的事。

少女并不是山总老爷的孩子。山总老爷曾外出旅行半年，他夫人在那个时候怀孕了。无从知晓那是谁的孩子。山总老爷很忌讳此事，为此把夫人弄死了，她几乎是被折磨死的。而留下来的小女孩，山总老爷也不把她当人看，对她施以惨无人道的虐待。山总憎恨少女的表现之一，就是把她软禁在土仓里。

杀掉山总老爷的，据说是少女的亲生父亲，大家都知道是谁。在那之前，山总家有一个雇工，名叫蛭藏，虽说长得还不至于和一寸法师仿似，但个头实在比一般人矮不少。可他长得十分英俊。尽管山总老爷豪放磊落，却喜欢将这样的人物招揽到自己身边。于是，就像西洋的国王把小丑和愚人当成玩具来宠爱一样，山总老爷也待蛭藏如玩具一般，万分宠爱。

对山总老爷来说，蛭藏不算个人，只是个玩物。他总是让蛭藏干一些下流得让人无法忍受的事情，自己在一旁拍手取乐。蛭藏也非等闲之辈，这些让常人怒发冲冠的事情，老爷越是强逼，他就越会乐呵呵地去干。一言蔽之，老爷身上的萨德侯爵式倾向与蛭藏身上的马索克式性情一拍即合，[①]两人没完没了地干着让人羞于启齿的怪诞游戏。

可山总老爷绝不会知道，如此奴颜媚骨的蛭藏，心中对他的憎恨却日益增加，终于在山总老爷离开的时候爆发出来。那天夜里，蛭藏

①萨德侯爵是法国色情文学家，被认为是变态文学的创始者；马索克是以受虐心理著称的奥地利作家。萨德主义（Sadism）与马索克现象（Masochism）合称为“SM”。

强暴了夫人，然后逃之夭夭。少女就是那个时候留下的孩子。

五郎听了这些事，对少女的爱非但没有减少一分，反而愈加深沉。伴随着难以言状的悲伤，少女那圆圆的眼睛和长长的睫毛，在他心中的印象日益深刻，仿佛烙在了他的心中……

五郎忽而又想起了那天夜里把他弄伤的女人。那个女人左肩上的螃蟹文身，与土仓少女身上的文身，位置完全相同，形状也一模一样。

是秋子！那个土仓中的少女，那个他曾送过萤火虫和彼岸花的少女，那个在他生命中留下不可磨灭的烙印的少女……想到这里，五郎浑身感到一阵灼烧般的痛苦。

当天，五郎把屋子搜了个遍。女人说是来拿照片的，虽然他不知道是什么样的照片，但还是决定找找看。他想或许还能找到女人的身份、住址之类的文件，结果却一无所获。

这天晚上，五郎给二宫写了一封长信。在信中，他毫无隐瞒地将自己在O镇的经历写了出来，并拜托二宫，如果认识那个姑娘，请告诉他。五郎等了十天，与二宫的回信同时寄到的，是二宫的学生写来告知二宫出事的信，这让五郎吓了一跳。

二宫的学生在信里说，二宫在九州的演出地遭到暴徒袭击，所幸保住了性命，但伤势很严重。暴徒是个一寸法师模样的矮个男子，行凶之后当场逃走了，目前，警方正在追查其下落。

五郎又匆匆拆开了二宫的信。看来，二宫写完回信之后就出了事。拆开信，首先露出来的是一张照片。五郎一看，惊得气都喘不过来。

照片上的就是那天的女人——如果五郎的推想没错，那就是山内秋子，只是她的衣服实在太奇怪。秋子像个杂技演员一样，几乎全裸，头上嵌着一颗人造宝石，发间插着宽大的头饰，往下是乳罩和艳丽的内裤，上面也缀着金银宝石，脚上则穿着一双轻巧的布鞋。很明显，这是马戏团女演员的服装。而且，虽然照片并不清楚，但在她的左肩上仍可大致看到一个螃蟹状的图案。

五郎惊得睁大了眼睛，忽然注意到了一个奇怪的细节。

这并不是一整张照片，照片的左侧应该还连着与之相同大小的另一部分。这是一张对半剪开的照片，左侧留着剪断的切口，而且秋子的身体紧贴着切口，一部分已经延伸到了切口之外。

从照片整体的构图来看，这恐怕原本是一张两人并排的合照，剪后剩下了秋子的那一部分。但是切口看上去还是新的，难道是二宫干的？二宫为什么要这么做……

五郎匆匆看起了那封信。

五

翌日，五郎来到了位于国分寺的古峰外科医院。这一带没有遭遇战火，周边十分安静，不过门牌却凌乱不堪，对第一次到访的人来说，找个地方可要大费周章。

二宫只在信上写了一句：请到国分寺的古峰外科医院。至于这地方和秋子是什么关系，古峰又是什么人，二宫只字未提。

虽然五郎对这次探访有所犹豫，但想见秋子的心情战胜了踌躇。就这样，他专程来到这里，可是古峰医院却无处寻觅。

来来回回找了好几遍，等到他快要打算作罢的时候，才从一个酒馆伙计模样的少年打听到了线索：是树林背后一幢洋楼模样的建筑。

已经黄昏近晚，不是拜访的好时候，但是想见秋子的心情如此迫切，他决定先去看看。

穿过武藏野边缘一条树林小道，五郎这才发现，一幢小洋楼远远地孤立一处。这条小路，五郎刚才已经走过了两三遍，但并没注意到那就是他要找的地方。小楼看上去不像医院，阴森森的而又外表寒碜。

难道自己走错了？五郎心里打了退堂鼓，为了保险起见，他还是走到门口,看了一眼门牌。只见上面贴了一张用钢笔写着“古峰”的纸。

医院是这幅光景，难怪他会找不到了。

五郎先踌躇了一阵，然后按下旁边的门铃。铃声回响在寂静的屋子里，没有人出来。五郎又按了一下，但还是没有人。

是不是没人在家……五郎正这么想着，屋里忽然传来了咣当一声，好像有什么东西倒下了。看来，屋里有人。

五郎第三次按下门铃，竖起耳朵凝神听了起来。屋内又回到了一片寂静中，什么响动都没有。五郎觉得里面有人在倾听外面的动静，于是他怒上心头，又按响了门铃。

这回，还没等门铃响完，门就被人从里面打开了。五郎一惊，转头看去，不由得屏住了呼吸。

门口站着的，是个不足五尺的矮个男子。

“你，你有什么事？”对方看上去十分害怕，眼神飘忽，嘴唇哆嗦，但还在竭力掩饰着。

一丝不安涌上了五郎的心头。虽然那天浓雾弥漫，他并没有看清楚，但他觉得面前的这个矮子就是那天公寓外面的男子。

“你，你有什么事啊？”男子又问了一遍。见五郎一声不吭，他也不安起来，声音颤抖。

“啊，我……”五郎赶忙清了清嗓子，问道，“请问医生在吗？”

“医生？”男子的声音依旧颤抖。

“对，是的，古峰医生。”

矮子仔细地打量着五郎的脸，心神不定地问道：“你是……”

“我叫野村五郎，如果医生在的话，我想问他一些事情……”五郎说完，只听不知何处低低地传来“啊”的一声惊叫。五郎不由得吓了一跳：似乎有人在偷听他们的对话。五郎越发不安起来。

矮子听到五郎的名字，也微微挑眉，似乎吃了一惊。

“那……你想问的事情是……”依旧是颤颤巍巍的声音。

“不，这事我想当面和医生说，医生他在吗？”

矮子一言不发地看着五郎，半晌才说道：“那，你稍等……我去看看。”说完，门嘭的一声在五郎的鼻子前关上了。矮子咯噔咯噔走进了屋里。

真是奇怪……五郎越发不安了起来。如果拒绝见面，那还说得过去，可他只是进去看看，为什么要把门关上呢？

干脆就这样回去吧……这个念头无比强烈，但对秋子的念想终究阻止了他这么做。况且，刚才听见的那声低沉的惊叫，好像是个女人的声音，说不定，那就是秋子……一想到这里，他就不想回去了。

矮子半晌都没有出来。五郎正感到焦急时，门开了。

“请进……”仍旧是哆哆嗦嗦的声音。

五郎进了屋，把鞋放在玄关处，被引到了紧挨着玄关的一间狭小的客厅里。

“那么……”矮子尽量压抑着战战兢兢的语气，说道，“您找古峰先生，究竟是为了什么事？是这样……刚才古峰先生说让我来问问情况……”

五郎紧紧地盯着对方的眼睛，一丝疑惑忽然闪现在脑中。难道古峰就是这个人吗……这么一想，他决定横下心来，把事情告诉这个矮子。

“嗯，我想问的是这个女人的情况。”五郎从口袋里掏出一个记事本，拿出夹在中间的一张照片。毋庸多说，就是二宫寄来的那张剪成一半的照片。

矮子见了照片，惊得睁大了眼睛。“这个女人……啊，哎呀，要是先生认识这个女人，您想怎么样？”

五郎越发觉得这个男子就是古峰了。“呃，其实……前段时间，我对这个女人做了些非常失礼的事情。所以，如果先生认识这个女人，我还想请他引荐一下，让我向她当面道歉。”

矮子目不转睛地看着五郎，声音稍显安稳了些：“原来如此……就这些吗？”

“啊……不，那个……”五郎吞吞吐吐，继续说道，“还有一件事情……我觉得，或许，这个女人，我从小就认识。是的，那时我们都是孩子……所以，我也想确认一下。”

矮子又盯着五郎看了一阵。“可是，您问了这事，又想怎么样呢？万一这个女人就是您认识的那个姑娘……”

“不，那个，没别的企图……我还没有想清楚，但我就是想见她一面，好好和她聊聊……这是一段令我非常怀念的往事……”说话间，五郎只感到一股热血上涌。

“哦，是吗……那，请您稍等，我去问问先生。”矮子退后几步，快步走出了客厅。接下来一段时间，又是怎么等也不出来。五郎心里越来越焦急，就在此时，忽然听到屋里某处传来一个女人哭泣的声音。

五郎吓了一跳，同时一阵愤怒和不安涌到胸前。有情况！这所房子里正在发生着什么……五郎忽然感到心中剧烈翻腾，一股冲动袭来，令他坐立不安。他像被弹开似的从椅子上站了起来，屏住呼吸，蹑手蹑脚到了走廊外，这才发现天已经完全黑了，没开灯的走廊一片漆黑。这条黑暗的走廊深处，一道细细的光线漏了出来。啜泣声似乎就是从那个地方传出来的。

五郎轻手轻脚地潜到房间门口，凑过耳朵，才听出女人的哭声中带着世间少有的悲伤。一个男人低沉的斥责声与她的哭声交杂在一起。虽然听不清说什么，但确实是那矮子的声音。

五郎感到一阵强烈的怒火从心中升起，他猛地推开门，走了进去。就在进门的瞬间，他茫然站住了。

房间里到处都是血，一个男子仰面躺倒在地板上的一片血泊之中。是个年纪六十上下、满头白发、面目丑陋的老人。老人无疑是被枪杀的，左脸颊上流出了大股的血。

但是尸体并不止这一具，摆在房间一角的床上还有一具女人的尸体。这具尸体一丝不挂，几个紫色的指痕像嵌进去一样，深深地留在她的喉部。她明显是被掐死的。

“秋子！”一个哽在五郎嗓子里的声音蹦了出来。

是的，那个女人确实就是秋子。啊，秋子死了，她是被人杀死的，她的灵魂已经黯淡无光了。

五郎忽然把身子转向了站在尸体旁边的矮子。

看见五郎眼中浮现出的杀气，矮子慌忙退后了两三步。

五郎把牙齿咬得咯咯响，猛地朝矮子撞过去。

“啊，住手，住手！五郎，你搞错了。”背后传来一个声音，五郎吃惊地回头一看，刹那间好像失了魂魄一样踉跄起来。他下意识地揉了揉眼睛。

一个女人站在那里，眼中溢满泪水，仿佛要控诉什么。怎么，这不是秋子吗……

五郎呆呆地来回看着床上的尸体和站着的女人。

“双、双胞胎？”他发出几乎连自己都听不见的嘶哑而低沉的声音。

女人悲伤地点点头：“你不知道吗？我们是一对苦命的连体姐妹。”女人说完这句话，当即泣不成声。

六

“喂，喂，你怎么了？刚从医院出来就躲了起来，到今天整躲了一个星期。害我担心这么久，你究竟藏到什么地方去了？”

说话的是佐伯彻郎。五郎打开公寓的房门时，被劈头盖脸地这般质问。五郎并不想回答，晃晃悠悠地走到床边，扑通一下倒在了床上。

“哎呀呀，真是累煞你了呢。瞧你一副失魂落魄的样子，这可不是你正人君子的风格……喂，你倒是说句话啊。真是的，净让人担心……”

“佐伯，”五郎有气无力地说道，“什么话都别说了，我什么都不想听，让我一个人静一会儿吧。”五郎双手抱头。

佐伯仔细看着他的样子，然后换上一副认真的表情：“我需要走开吗？在这里是不是打搅你了？”

五郎无力地点点头。

“是吗，好吧，那我这就走。”

“喂，佐伯，等等……”五郎把他叫住了，“二宫情况怎么样了？”

“二宫？嗯，好在没有大碍。他说再过一个星期就能出院了。”

“是吗……那样就好。”

“喂，野村……”

“不，我现在什么都不想听。一切等二宫回来再说。”

“是吗，好吧，我回去了。不过，注意身体啊，你的脸色不太对劲。”

嘭的一声门被关上，佐伯走了。五郎没回头看，无力地抱着头，眼睛一动不动，无力地盯着半空。

一场持续一周的奇怪恋情……是啊，对这个在道德上谨小慎微的人来说，这是一段让他眩晕的恋情。两具尸体被埋在后院的那幢房子，他和秋子一同生活在那里，经历了一周的糜烂爱恋。一切宛如一幅浓墨重彩的画卷，麻醉着五郎的灵魂。

五郎追忆着那些幻影，感到一阵直钻心底的悲伤啃噬着他的胸腔。

五郎对着口袋一阵掏摸，从里面拿出了几张皱巴巴的纸。这几页纸他已看了一遍又一遍，沾满了汗渍，顺序也打乱了。他把纸页的顺序整理好，重新看了起来。这是秋子留下的一封信。

赶在你醒来之前，我匆匆写下了这封信。发生了那么恐怖的事情，我想这样的生活是不可能持续下去的。所以，从今天起，我要和父亲一起销声匿迹了。恐怕我们今后不会再见了吧，也请不要再寻找我的下落。那就让我在离开之前，坦白那些你曾经问过好几次的秋子的往事吧。都是些卑微而肮脏的故事，我实在是说不出口。

想必你已经知道，父亲在杀死山总老爷之后，带着我们离开了O镇。我们悲剧般的流浪生活就是从那一天开始的。父亲把我们装进箱子，伪装成行李，远渡重洋到了中国。自此十多年，我们隐瞒国籍，加入了苦命的杂耍人行列。我们这对世间少有的连体姐妹，被人称为双胞胎螃蟹姑娘，从中国的北边流浪到了南边。这是一段悲惨无光、充满屈辱的生活。可是，要是看看后来我们所受的肮脏侮辱，就会觉得当初的艺人生活反倒是十分幸福。

我们的灾难终究要怪罪到那场战争上。战争爆发之后，大批日军来到中国。父亲因为之前犯的罪，非常害怕日本人，因此尽可能地不去靠近日军驻扎的村镇。可是，慢慢地，日军几乎占据了中国全部的主要城市，我们不可能一直这样逃下去。我们能演出的城市，几乎都被日军占领了。于是父亲也慢慢地胆大了起来。不管怎么说，我们在中国生活了十年，可以自如地运用语言。他觉得，我们不必再担心被别人识破国籍了。可我们还是没能逃脱。

终于，在南方一座驻扎着大批日军的城市表演时，我们被认出来了。当时，那座城市来了山总的一个亲戚，那个人在军队里有着相当重要的地位。我现在一想起那个人就觉得恶心，就以K来代替他的名字吧。K听说了我们这对双胞胎螃蟹姑娘，又得知双胞胎的肩上刻着螃蟹文身，当即看穿了我们的身世。于是K以此要挟父亲，把我们拉到了酒宴里，然后……啊，如何能形容得出！他们强迫我们……不，我不想再往下写了。那个时候，驻地的军人里，既有正直的人，也有这样不知廉耻的人。

自那以后，我已经数不清我们被强迫蒙受了多少次那样的屈辱。春子……你应该知道，就是螃蟹姑娘的另半个身子……和我身处在那样的侮辱下，不知哭了多少次。悲叹最终化为了愤怒。终于，在一天晚上，我和春子两个人把他杀了。这件事让父亲也很震惊。当时日本还没有察觉到会战败，我们杀害那样一个日本军人，想来是不可能逃掉的。就算是逃掉了，这样一副身体，无论到哪里都会惹人注意。就在那时，我们想到了不久前见到的一个日本外科医生古峰博士。他因为觉得稀罕，曾检查过我们的身体。当时，古峰说，同是连体姐妹，有些因为共有内脏而绝对不能分离开来，而我们不是这样，只是腰部的肌肉连在一起，所以随时都可以分离开来。

那个时候，如果我们分离开来，就不再成为众人的观赏物，也就一下子失去了糊口的财源，所以遭到了父亲的强烈反对。可是，事已至此，除了将我们分离开来，没有其他办法可以逃脱了。于是我们暗地里拜访了古峰博士。博士好像知道我们把K杀了，可他还是出人意料地照顾我们，答应了我们的请求。经历了一个极简单的手术后，我们终于变成了两个人。那时，我们对古峰多么感激啊。可是那个人，我们却不知道他有着和K一样的野心……是的，古峰向我们提出了和K一样的要求。他要我们姐妹中的一人，不管愿意与否，必须当他的妻子。啊，无论何处都被诅咒的连体姐妹！就这样，我们回到了国内，继续过着和畜生一样的屈辱生活。可是后来，一个知道我们身世的人出现了，就是从中国复员回来的二宫先生。二宫先生收藏着一张在中国拍下的螃蟹姑娘照片。他拿着那张照片，主动向春子示爱。不料春子竟然爱上了他。

我们害怕了。发生了这样的事，父亲和我都在担心秘密会暴露。结果就发生了公寓袭击的事情。与二宫先生素未谋面的我，却把你当成了他，向你开了枪。

可第二天早上，看到报纸的时候我惊呆了。我开枪打中的非但不是二宫先生，反而是我日夜思念的那个人。是的，我一刻都不曾忘记你的名字。那段在土仓内外窃窃私语的日子，那段儿时的回忆，一刻不停地快乐地萦绕在我心里。

春子看了这则新闻，在极度震惊之余，觉得再也不能继续这样的生活了。她从古峰那里逃了出去，一路追到九州找到二官先生。现在，我依然为春子的行动感到高兴。即便时间再短暂，她最终还是和心爱的人生活在了一起。

可是，事情殃及了我们。震怒之下，古峰命令我父亲杀掉二官，带回春子。啊，苦命的我们啊。只要是古峰的命令，无论什么事，我们都只得唯命是从。

于是父亲袭击了二官，把春子带了回来。不料这竟是春子的死期。因嫉妒而癫狂的古峰，把春子折磨了一通之后，最终掐死了她。得知春子的死讯后，我们心中充满了绝望和愤怒。于是，我们拿出勇气，当场用枪把古峰打死了。正当此时，你到了这里。

五郎，我把一切都说出来了。虽然只有短短一个星期，可我却经历了世间独一无二的幸福时光。我已别无他求。

我要走了。父亲在那边等着我。啊，可怜的父亲啊！我也不知道今后会变成什么样子。既然双胞胎，而且是连体双胞胎中的一人已经死了，我的生命恐怕也不会长久了吧。那么，永别了。在结束之前，请你告诉二官先生，可怜的春子，是不断呼喊着二官先生的名字死去的。想必我在临死之前，也一定会一遍遍地呼喊你的名字。

五郎看完信，从口袋里拿出两张照片：春子和秋子这对连体姐妹也即螃蟹姑娘被剪成两半的照片。

五郎把两张照片对在一起，长时间眼睛一眨不眨地凝视着这两张不幸的脸……

心

一

“当他走进警局的时候，我也吓了一跳。他的蓝色制服和鞋子破破烂烂的，不，如果光是破破烂烂，那倒也罢了，可他一身泥土还沾着血。他说他杀了人，我心想，这下出大事了。”

浅原先生开始说了起来，只见他眼角的皱纹缩到一处，脸上浮现出了和蔼的微笑。

我被疏散到了冈山县的乡下，浅原先生曾在离我这村子往西五百米的一处名叫综社的小镇当过警察。他当的是刑警，大概在十年前退休，现在在我们村主管粮食增收。他直爽而善谈，是个和蔼的老爷子，经常给我讲些过去的事情。这里写的就是其中之一，事情发生在十年前，即昭和十二年。

“看他的样子，地位并不卑微，个子又高，身材也结实。无论是那不合身的工人蓝制服，还是一脸乱糟糟的邋遢胡子，都让人觉得十分奇怪。他的头发乱七八糟，还沾着一大片血块，因为他脑袋受了重伤。他的眼神也很奇怪，两眼无光，眼神恍惚浑浊。就是这么个人，闯到警局里，说自己杀了人。也难怪我们会大吃一惊了。”

这所警局所在的乡间平日里没什么案件，安静祥和，所以一桩杀人案可就称得上大案了。在场的几个警察立刻绷紧了神经，将男子带到了审讯室。

“你说杀了人，杀的是谁？”

“我表哥，我把表哥顺平杀了。我用登山的防滑手杖打了他一顿，他就灵魂出窍，死了。”

这个奇怪的男子喉咙深处隐隐藏笑。一眼看去，他年龄在五十上下，鬓角斑斑点点地有些白发。可他说话的口气，却像个带着书生气的年轻人。

“这是什么时候的事？你是在什么地方杀的人？”

“昨天。昨天我们一起爬雾之峰，我在湖群地带的松林里干的。”

局长转头问司法主任：“你知道雾之峰吗？”

“我不知道，听都没听过。”

局长疑惑不解地转回头望向男子。“那座雾之峰在什么地方？”

男子吃惊地盯着局长。“局长先生，您不知道雾之峰吗？雾之峰就是紧挨着这后面的……”

“别开玩笑，这一带根本没这座山。”

奇怪的男子失神的眼睛忽然变得亮光闪闪。“局长先生，您是想戏弄我吗？上诹访的雾之峰，您竟然说不知道……”

“上诹访？上诹访是什么地方？”

男子的眼神一下子变得凶暴了起来。“局长先生，您这么说话，看来还是想戏弄我吗？这里难道不就是上诹访吗？信州……长野县，诹访湖旁边的……”

局长和司法主任一脸吃惊、面面相觑，在一旁听着的浅原也睁圆了眼睛看着他。

“局长，这事有点……”

“嗯,这个……”疑惑的局长目不转睛地盯着他,探出身来问道:“你的名字叫……”

“西泽大伍。大伍是……”男子用手指在桌子上比画了一下，他的手指纤细得如艺术家的一般。

“年龄……”

“二十六岁。”

司法主任和浅原差点没忍住笑出来。局长马上对二人使个眼色，一脸严肃地接着问道:“嗯嗯，你说你杀了表哥，你表哥的名字是……”

“井川顺平，年纪比我大三岁，二十九岁。”

“那么，你为什么要杀你表哥？是吵架了吗？”

“那家伙是个恶魔。那家伙是个魔鬼。那家伙活着的时候，几次想要了我的性命。他把我拉到雾之峰，打算把我杀了。”

“嗯，这么说，你杀你表哥，是出于正当防卫。可是，你表哥为什么想杀你呢？”

男子忽然沉默了，坐立不安，欲言又止，满脸通红像个小青年。

“这个你可必须得说出来。要是不说明白这一点，你声称的正当防卫恐怕要站不住脚。”

“不，那家伙就是想要杀我。他骗我，骗我去爬山，然后打算掩人耳目地把我杀掉。他一开始就是这么盘算的。”

“所以，我才问他为什么要杀你。我问的是这个。”

“局长先生，我表哥一直对我有误会。他虐待时子，对她拳打脚踢的，这都是家常便饭了。我看时子那么可怜，就明里暗里地经常安慰她，这事……这事……被我表哥那家伙误会了。他怀疑我和时子之间有什么可疑的关系。”

“哦，原来如此。那个叫时子的，是你表哥的老婆吧？”

“是的，是的。可是时子并不爱我表哥，她是受了骗才和他结婚的。现在她很后悔，她恨我表哥。所以，表哥就越发怀疑起我来了。”

“原来是这样，于是他就骗你去爬山，然后突然袭击，想要杀掉你，你却反过来把他杀了，对吧？那么你受的伤是怎么回事？是你表哥弄的？”

“不是，不是这样的。我完全躲开了表哥的袭击，没有受伤。想必是我回来的时候坠崖受的伤。”

“想必？有些不确定啊。”

“嗯，我也不太清楚。”

这奇怪的男子烦乱地把手放在额头上，眼睛直盯着桌面，然后说道：“我还记得，看见表哥死了之后，我从湖群地带逃走了……后来我的记忆就模糊了……今天早上醒来时，发现自己躺在一个不认识的地方，头上还带着这样的伤。还有，不知谁把我的衣服拿走了，给我换上了这身怪衣服。”

男子十分厌恶地打量自己身上的衣服，两根手指轻轻捏了捏上衣的下摆。浅原和司法主任四目相对，局长仍是一副认真的表情。

“哦，这可是场灾难啊。我说，你是姓西泽吧。西泽，你是什么时候把你表哥杀死的？‘昨天’这样的表述不能写进调查报告里。你准确地说一下年月日吧。”

“好的，那是大正五年七月二十六日下午三点的事。”

司法主任和浅原都禁不住发出了一声惊呼。连沉得住气的局长也皱起了眉头，仔细盯着对方的脸，仿佛要在他脸上挖出一个洞来。大正五年，按此时的时间来算，正好是二十二年前。可在这个古怪的男子心里，居然是昨天。

二

“我干刑警也干了这么长时间，这种离奇的自首还是第一次碰到。事情发生在二十二年前，即便他坦白的事情是真的，恐怕也过了犯罪追究的时效。不过，当时局长对业务非常热心，他不是半途而废的人，所以暂时把男子收容在拘留所，又马上向上诹访发了调查请求。还有，刚才忘记说了，我们问了那个男子的住所，他说是东京早稻田的鹤卷町，好像是和被他杀掉的那个人住在一起。所以，我们也向那边发了调查请求。”浅原先生接着讲道。

就这样，综社的警方一面向长野县和东京发出了调查请求，一面又开始调查男子的身份。

“我是这么认为的。”局长对着浅原和司法主任说了如下这番话，“他说二十二年前把表哥杀了，恐怕这事是真的。而之所以他把这当成是昨天发生的事，是因为他在杀害表哥之后，过了二十二年的逃亡生活。接着，不知出于什么原因，估计是他受的那处伤使得那段二十二年前的记忆忽然清晰地回想了起来。问题是,他是在什么地方受的伤。”

“可是这二十二年他究竟在什么地方过着怎样的日子？总不可能他杀人之后又回到了早稻田吧。”

“嗯，恐怕他用化名逃到了某个地方。你注意到他的手了吗？那可不是双干苦力的手。而且从他的容貌身姿来看，我觉得他应该过着相当不错的生活。”

“可是，局长，他把自己那二十二年的生活，也就是说他的近况都忘掉了吗？”浅原回想起了男子空虚得出奇的眼神，问道。

“是的。如果他还记得，就不会像这样来自首了。他在二十二年的逃亡生活里，一定是不断忍受着杀害表哥而带来的良心谴责。后来，因为某种刺激，当时的情景又在他心里浮现了出来，与此同时，二十二年的逃亡生活却沉淀了下去。你听听他说话的口气，简直跟个二十六岁的青年没两样。也就是说，他的心理状态返回到了他杀害表哥的那个时候。人的心是捉摸不透的，令人害怕的就是这颗心。”

局长一脸严肃地说完上面这番话，表情马上转回了天生的乐观模样：“不过，现在还不是说这话的时候。就算他可怜，我们也还是要查清他近期过着什么样的生活，如果他使用了化名，还要调查他用了什么名字。浅原，你已经检查过他穿的衣服了吧？”

“是的，检查过了。不过，他身上什么随身物品都没有，工作服上既没有名字也没有标识，是从别处买来的现成的制服，我想很难从这上面找到什么线索。而且最重要的是，我觉得衣服和鞋子都不是他的东西。”

“说起来，衣服也不合他的身。”

“是的，这么一说我也想起来了，他曾说过，那天早上他醒来的时候，发现自己穿着这么一件脏衣服，看上去很讨厌这身打扮。他说有可能是他在附近的什么地方受伤昏迷的时候，某个使坏的家伙给他换了衣服。我觉得，我们也应该调查一下这个情况，这样一来我们就能弄清他之前穿什么样的衣服，说不定还能找到他的随身物品。”

“嗯，这是个好主意。那就把这事纳入调查范围吧。”

要把浅原先生长长短短的工作全写下来，恐怕太过冗长，所以我就把这一切都省略掉，单说说调查结果吧。那名男子应该是乘坐列车沿伯备线从米子去往仓敷，不料在途中掉下了列车，或许有人把他推下了列车，而前者的可能性比较大，总之他掉了下来。不仅如此，他掉下去的时候，火车正好行驶高梁川支流上的一座铁桥上。他落入水中，头部受了重伤，昏迷过去。巧的是，一个在此出了名的无赖途径此处，见他昏迷，于是把他身上所有的东西拿了个精光，又使坏剥了他的衣服，把自己的行头换给了他。浅原先生在偶然间抓到了这个无赖，从其口供中得知了上述情况。于是警方向仓敷站求证，果然，在失物保管处发现了疑似男子的皮包。警方查验了皮包，再综合无赖偷走的钱包里的物品，确认该男子住在神户，名叫森井信哉。

“接下来怎么办？把这件事移交给神户警方吗？”

局长听完浅原的报告，一言不发地思考了半晌，最后下了这样一道命令：“不，你还是自己过去一趟吧。不过，有件事需要注意，如果森井信哉在那边有家庭，务必不要惊动他们，你要向他住处附近的人打听，现在拘留所里的这个人到底是不是森井信哉，如果是，那么他过的是怎样的生活。不要向任何人说多余的话。”

局长为什么做出这样的指示，浅原先生并不是很明白，总之，当天浅原先生就赶往神户了。

三

“森井的住所在神户的北长狭大道，是位于山脚下的住宅区。走到那里一打听，马上就搞清楚了位置。我又问了他住处附近的人，这才知道，森井曾经在美国待过十年，十多年前回国，在神户当起了贸易商。他事业十分成功，在北长狭大道盖了房子，又结了婚。七年前，森井结婚时四十岁上下，他老婆美智子二十岁左右，也就是说，夫妻两人相差二十岁。尽管如此，大家都说他们是恋爱结婚的。

“要说起来，森井是个虔诚的基督徒，每个星期天都会去教堂。美智子也是个信徒，他们在那里经常见面，慢慢地不顾年龄，坠入了爱河。我问过他的邻居，也问过海岸大道森井商会的雇工，还问了他们的顾客，无论是谁都对他评价很高。总之，他是个典型的绅士。最后，我又编造了一个理由去了森井家，美智子给人的印象十分清纯。他们有个五六岁、十分可爱的女儿。美智子当然对她丈夫的过去深信不疑了，不光如此，当向她问起她丈夫的去向时，她告诉我说，松江有个信徒遇到了大麻烦，他去和那个信徒商量对策。这让我越来越确定，森井信哉就是那个奇怪的男子，他心里装着杀人的秘密。调查至此，我的心情难以言表，只觉得黑暗沉重。以前在完成调查时会感到愉快和轻松，这次没有半点这样的感觉。我花三天做完了调查，回到综社的时候，综社的调查正攀登到了顶峰，真相的帷幕即将拉开。”

前文已述，综社向上诹访和东京警方发出了调查请求。从上诹访反馈回来的信息，大致表明了如下的事实：

当地并没有记录表明，大正五年七月二十六日，雾之峰的湖群地带发生过杀人案。但是，三年之后即大正八年的夏天，湖群地带确实发现了一具白骨。白骨的头盖骨上有一处巨大的伤痕，普遍认为是他杀。但是死者的衣物和可以表明死者身份的证件都没有找到，事情就这样陷入了谜团。

接着，一封来自东京的报告说明了另一些情况。井川顺平居住的早稻田鹤卷町一带因为遭遇地震而被烧毁，调查过程异常艰难，但经过苦心搜寻，警方给出了如下报告：

大正五年，那里确实住着一位名叫井川顺平的画家。顺平的妻子叫时子，除此之外，顺平一个叫西泽大伍的表弟也寄宿在他家，通过刻苦学习，考上了早稻田大学。

大正五年夏天，顺平和大伍离家去攀登日本阿尔卑斯山脉，从此再无消息。他们应该是在日本阿尔卑斯山脉某处无人知晓的地方遇难了。时子在家中等了三年，丈夫及其表弟却仍未归来，于是她在大正八年移居别处，此后杳无音讯。这次接受贵方委托，我们对她的行踪进行了专门调查，如今她在江东地区经营着一家母子寮。她全额出资，收容了许多贫困的母亲和孩子。这是一件非常公益的事业，因此她被附近的人们敬称为圣母。她皈依了基督教，自顺平失踪之后一直独身一人。不过，不可思议的是，她经营的这家母子寮，财源来自一位慈善人士的捐赠。就此她没有透露太多，但可以查明这笔捐赠一开始来自美国，从十年前开始，来源地变成了阪神地区。虽然不知道贵地发生了什么案件，但我们认为，该名妇女应该是个有力的证人。所以，我们特地让她出发前往贵地……

浅原回到综社警局的时候，正好时子也到达了。这样一来，终于轮到与奇怪男子当面对证了。

在此之前，浅原向局长简明扼要地报告了调查经过。局长始终板着脸孔，没有对调查结果做任何评论，最后用沉重的口吻问了这么一个问题：“这次调查的目的，你没有告诉任何人吧？”

“没有，对谁也没说。”

局长又问：“也没有谁发现警方正在进行调查？”

“我想没有，我一直做得不露声色。”

局长这才满意地点点头，接着又把等候着的井川时子女士请了进来。

“井川女士是个年龄五十岁上下、头发半白的老太太，穿着一身朴素的衣服，一看她的脸就能明白，侍奉神灵的人应该就是这个样子。要形容一下的话，那就是洗净了全身的污浊，眼睛、肉体和灵魂摆脱了一切罪恶——她给人的感觉就是这样一种肃穆的清净。井川女士好像还不知道为什么被传唤到这里来，不过她似乎隐隐感觉到自己是个不可或缺的重大案件证人。当时局长是这么对井川女士说的：‘最近，我们偶然间抓到了一个人，他坦白自己是某件非常重大的案子的凶手。我们需要对他的身份做一个鉴定，这才特意让您远道而来。不过，我事先告诉您，我们并不是完全相信他坦白的事情。’”

浅原先生说到这里，紧紧闭上了眼睛。我按捺不住，于是主动问了起来：“然后呢？井川女士对那名男子……”

“井川女士先是疑惑不解地打量了那个男子一阵，局长在一旁插话道：‘井川女士，您认识这个人吗？请如实告诉我们。’他说‘如实’这两个字时，用足了气力。于是，井川女士又朝男子打量了一番，看着看着，女士的脸唰的一下失去了血色……”

“然后，她说出来了吗？说她认识那个男子……”

“不，女士说她不认识，接着匆匆划了十字。就在这个时候，一件非常不幸的事情发生了。男子依旧眼神无光，呆呆地走进了屋里。当时房间的地板上绕着长长的电话线，他被线绊住了脚，晃悠悠地朝前倒下，额头结结实实地撞在了桌子上。这要是撞在桌子角上，没准儿就是一处大伤。我们惊慌地跑到他身边，不过他看上去没什么大碍，马上爬了起来。可我一看他的表情，不由得吓了一跳。浑浊的眼睛忽然变得炯炯有神了，他一副无法理解的表情，睁大眼睛环视了一周。接着，他说道：‘这是什么地方？我为什么会在这里……’我屏住呼吸盯着他，只见他疑惑地看了看局长，又看了看我，最后把目光转向了井川女士。忽然间，他眼睛鼓起，好像要迸出来，鼻翼颤动，呼吸急促：‘啊，你就是时……’但也就是瞬间的事情。局长猛地扑向他，抓住他的肩膀，像机关枪一样麻利地说道：‘森井先生，森井先生，您回过神来了吗？这几天，自从您从火车上掉下来，就不太正常啊。您还说了些古怪的事情，给我们添了不少麻烦。哈哈哈，您说您自己二十六岁，哈哈，您这是陷入了暂时性的神经错乱吧。我们听信了您的话，还特意把井川女士从东京请了过来。女士说她不认识您，从来没见过您。井川女士，是这样吧？哎呀，真是让您受累了，您现在可以回去了。那么，森井先生，您的皮包、衣服和随身物品我们都收拾好了，快点回家去吧。今后可别再说些奇怪的事情来吓唬我们了。我们都是些糊涂的警察，当了真，还兴师动众了一番。哈哈哈……’”

浅原先生一口气说完，然后陷入了沉默，半晌不再说话。然后，他像是回味美味一样，口中反复念叨起了当时局长说过的一句话。

“对局长当时处置此案的办法，我不知该做何评论，这并不在我们批评的范围之内。尽管案子的结果有如大冈断案[①]，可当我听到局长那句话时，还是不由得感到不寒而栗。那句话是：‘人是有心的，人的心总是不可靠，时时变化无常，像玻璃一样脆弱。’”

①大岡裁き。“大冈”指的是江户中期的幕府名臣大冈忠相，断案公正且充满人情味。

双胞胎在私语

红桃Q

这事发生在第二次世界大战爆发后的第二年，也就是昭和十七年的春天。

牛込地区山吹町的一条小巷里，有家名叫菊月的关东煮小店。这天晚上，一个奇怪的客人来到了这里。

菊月这家店，名字听起来稍显雅致，真实的情况却是大相径庭。这是一家极不起眼、脏兮兮的关东煮小店，食客也净是些只下得起这种馆子的人，要么是小手艺人，要么是下了班的工人，难得一见西装领带装扮的客人。

不过，这天晚上却有位女客来到菊月，而且是个一身西装、正值妙龄的姑娘。因此，店主夫妇龟三郎和阿菊惊得睁圆了眼睛。

晚上刚过八点，平日里这是一天中客人最多的时候。但是这天从傍晚开始下起了雨，不知不觉间又变成了雨夹雪。或许是这天气的原因，此时的店里一个客人也没有。龟三郎和阿菊一直哈欠不断。这样的晚上，就算坚守到底也不会有什么起色。二人觉得实在费电，正说着要拉上门帘，那个女人进来了。

"欢迎光临！快，请到这边来。"

和对待平时的客人一样，老板娘不待多想就张罗了起来，可等她看清楚来客的样子，不由得瞪大了眼睛。她和丈夫对了对眼神。

这个女人裹了一件考究的毛皮外套，脖子上围了一条上等的毛皮围巾。对龟三郎和阿菊来说，这种打扮只会出现在杂志的插图或电影里，这个女人简直就是从另一个世界来的人。而这样一个人如今竟走进了店里，两个人不禁怀疑起了自己的眼睛。

阿菊战战兢兢，慌乱地问道："请问……您有什么事吗？"像是要纠正刚才的那声招呼。在她看来，这女人一定是进来问路或者有别的事。

出人意料的是，女人小声答了句"没什么"，然后走到阿菊和龟三郎的面前坐了下来。两个人又面面相觑起来——这么说，这个女人果真是来吃东西的？

"劳驾……请给我来份这个，还有这个。"

女人看着水煮锅，用挂着皮包的手指了两下。她点的是油炸豆腐丸和蔬菜豆皮饺，看起来她不知道这些东西的名字。于是龟三郎和阿菊再度面面相觑——这么说，这个女人果真就是来吃东西的。

"好的，您要的是一份油炸豆腐丸和一份蔬菜豆皮饺吧？"

这样的情形实在太别扭。

与她打交道的方式也和平时对待那些吵吵嚷嚷的客人不同，老板娘的舌头都僵住了。说着敬语来卖油炸豆腐丸，还是第一次。

女人对着老板娘盛到盘里的油炸豆腐丸和蔬菜豆皮饺，既非打算吃，又非不打算吃，只是用筷子尖戳着食物，低头不语。看她这个样子，好像她不是来吃东西的。如果是这样，那她究竟有什么事呢……龟三郎和阿菊觉得有些奇怪，一声不吭地仔细端详着她。

这女人究竟是怎么回事？要是看得清她的脸就好了……不，她藏着脸本身就很奇怪……让龟三郎和阿菊更加奇怪的是，女人脸上蒙了一层厚厚的面纱，几乎看不见容貌。即便如此，从她的声音和举止还是能判断出年龄在二十岁上下。

女人低着头，动着筷子尖，油炸豆腐丸和蔬菜豆皮饺被戳得七零八碎，女人一块都没有往嘴里送。龟三郎和阿菊沉默地看着她的筷子尖，时不时诧异地对视一眼。

冰冷生硬的沉默——忽然间，女人放下了筷子，抬起蒙着面纱的脸，看向龟三郎。

“请问……那位先生，您是这里的老板吗？”

“嗯？是，是，我是这里的店主……”龟三郎战战兢兢地答道。

“那么，那个……您就是那位雕龟先生吧？会文身的……”

龟三郎吃了一惊，睁大眼睛看着女人。这是个彻头彻尾的神秘女人。龟三郎这才明白，她不是来吃关东煮的。虽然他已经察觉女人来此一定另有目的，可那个问题又实在令他出乎意料。

龟三郎原本是个文身师，他雕龟的名号在这个行当里可是响当当的。不过现在形势紧张，文身被严令禁止，警察也查得很严。尽管如此，战前，好奇此道的勇者还是时不时请他去文身。二战爆发后，这样的人完全消失了。军队对禁止刺青三令五申，年轻人随时有被抓入军队的可能，因此，即便再喜欢文身，也要思量暂缓。

雕龟觉得这是好时机，正好可以金盆洗手，摆脱这独木桥一样危险的文身师行当。

在这风口浪尖，一个神秘女人又提起了这个龟三郎打算遗忘的职业，他惊得瞪大了双眼。

“是，是，雕龟就是我……”龟三郎揣测着女人的意思，话说到后面开始含糊其词。

女人打断了他，飞快地说道：“那么，您已经不再文身了吗？”

“是，已经不干了，毕竟警察查得很严嘛。再说，最近喜欢这个的人也不多了……”

“可是，如果有个人想文身，而且绝不会告诉警察，您会答应吧？”

龟三郎吓了一跳，又看了看女人。如果此时面对他的是个普通男子——即龟三郎的一般顾客，他反倒会坚决拒绝。可是对方却是个不太像和文身沾边的人，这骤然引起了龟三郎的好奇。因此，尽管阿菊在一旁扯着他的袖子，他还是说道：“是的，如果这样的话……这本来就是我的老本行，如果能保证绝对安全，我也未必不会干。”

“啊，是吗？那么就拜托您了……不，要文身的不是我，是别人。想在身上文个图案，一个很小、很简单的图案。”

“原来如此，他现在多大了？”

“今年二十岁……”

“二十？小姐，这可不行哪。二十岁，马上就要征到军队里去了，检查的时候要是发现了，您也明白会是什么后果。”

女人听了，轻轻笑了一下：“哎呀，您这就不必担心了，是个女人。”

龟三郎又瞪大了眼睛：“原来是这样，女人的话倒是不用担心征兵。那她想文的图案是什么样的？”

“哎呀，您这是答应了吧。嗯，图案的话，等您文的时候自然会告诉您。她那边有样本，只是个很小、很简单的图案。不过……她现在没法到这边来，所以还得麻烦您亲自去一趟……不过，我们会给出丰厚的报酬作为补偿。一寸见方的文身，五百元怎么样？”

那个时候，五百元可是一大笔钱，不过雕龟并不是对那笔钱动了心，而是被这桩带着神秘意味的交易勾起了好奇心，即这个秘密本身的魅力吸引了他。龟三郎决定深入其中，探个究竟。

“好的，跑一趟倒不是什么问题，只是，去什么地方……”

“嗯，这个我也到时候再告诉您。那我现在先付两百元定金给您吧，剩下的等文好了……嗯，这样行吗？”

“啊，这个嘛，您不付定金我也会答应的，那，时间是……”

“拜托您明天晚上去。明天晚上八点整，我在江户川公交站那里用车接您过去……绝不会让您为难的，请一定准时到达……明天晚上，八点……您听清楚了吧？那么，到时候见……”

“等、等等，小姐。”

龟三郎匆匆叫道，但女人已经跑出了格子门。店里只剩下一脸莫名其妙的龟三郎和阿菊。

“我说你，接那种活儿就不担心后果吗？我可觉得有点怕。”

“我也没想答应，她说得那么神秘，我本来还想多问两句，没想到就这样收场了。”

“你还是别去了。我觉得这事非同一般，要是你牵扯上了什么事，那就不合算了。”

“话是这么说，可人家都付定金了。”

“这样的定金，是她一厢情愿给的，她要是拿定金来说事儿，还给她不就得了。喂，你真的别去，我觉得这事挺吓人的。”

“嗯，哎，到时候再说吧。”龟三郎含糊其词地敷衍了过去。到了第二天晚上，他终究还是按捺不住出了门。

“你这蠢货！还不知道人家是打算把你煮着吃还是烤着吃呢。这是在拉你上当，真是不见棺材不掉泪！”

龟三郎把哭着挽留他的阿菊骂了回去，走到江户川的时候，果然看见一辆汽车等在那里，戴面纱的女人正透过车窗向他招手。日后，龟三郎是这么向别人说起的：“那个时候，我要是看清楚车牌号就好了。可我怎么也没料到会遇上那种情况，所以掉以轻心了。现在想想，真是可惜啊。那辆车好像不是租来的，是一辆家用的高级车。”

龟三郎所说的“那种情况”，是指他上车之后，女人要求他蒙上眼睛。

“我真是吓了一跳，可如果我怕了，就太丢脸了。嗯，是啊，我也算是个江户男儿。我就对她说：‘都上车了，随你便吧。’于是她就把我眼睛蒙上了。”

就这样，龟三郎被蒙着眼睛，完全不知道经过了什么地方，半小时后才拿掉眼罩。这时，他眼前竖立着一幢从未见过的气派小洋楼。

“那就请您动作快些，工具您都带了吧？”

“嗯，工具都带来了。要文身的那位是……”

龟三郎这么问道，女人便利索地走到了屋角的一张床边。床的上方挂了一层厚重的粉色床帘。直到女人一把将帘子拉开，龟三郎才注意到那是床。女人上半身钻进床帘，在里面捣鼓了一阵后，回头对龟三郎说道：“来，请吧。”

龟三郎看见一只白皙冰冷的女人的左臂从床帘的缝隙里露了出来。

“她说怕疼，已经吃下安眠药睡着了。所以，趁着药效还没过，赶紧文上吧。”

“嗯，明白了。那图案是……”

“请稍等。”女人说着脱下外套，解开连衣裙的纽扣，身子裸露出来。这让龟三郎吓了一跳。

“等、等、等等。要文身的是您吗，小姐？还是睡在床上的这位？”

女人没给出解释，只是解开衣服，伸出左臂。“好了，就按照这个，一丝不差地文给她吧。”

龟三郎见了这两个女人的手臂，吃惊地“啊”了一声。这个女人也文了身，是一个两厘米长、颇为可爱的扑克牌图案——红桃 Q。

“于是，我就按照她说的，把那个图案丝毫不差地文在了床上的女人左臂上。可是，无论是那个被文身的女人，还是那个请我去文身的女人，我都不知道她们的来头。毕竟，戴着面纱的女人自始至终都没有揭开面纱，而床上的女人也只有手臂露在床帘外面。我当时还想看看床上的女人长什么样，但是戴面纱的女人盯得很紧，根本下不了手。不过，我找准时间，迅速地朝床帘里瞄了一眼，可那女人脸上也蒙着块布。所以说，这是故意不让人看到真面目。后来，我顺利地文好了身，同来时一样被蒙住眼睛，回到了江户川。我一下车，女人就熄了尾灯逃掉了。所以，我到现在也不知道那两个女人是什么来头。不过想想还是挺奇怪的。为什么她们要文一样的图案？睡着的女人是自愿文身的吗？莫非躺着的女人是被蒙面女人下了药，被迫文上了刺青？如果是这样，蒙面女人为什么要这样做？这里面会不会藏着什么恐怖的阴谋——这样一想，我就忍不住浑身哆嗦。”

以上就是清水龟三郎事后的回忆。后来，龟三郎在战争中失去了老婆，现在住在中野的一幢公寓里，无亲无故，孤家寡人……

接下来，故事的时间转到战后。

牢笼中的男子

战后的商场供货不足，无论何处的卖场都无法填满一整幢建筑。和平商场也处于这样的情形之中。和平商场的七楼，现在由一家小曲艺剧场、一间咖啡厅和一处供各类展会租用的大厅组成。

战后第二年的夏天，大厅里举办了一场稍显古怪的宣传会，成了人们热议的话题。

宣传会——或许这样的称谓并不好听。这次活动是赶在商场重新营业前办的一次珍珠展览会。不过，光是一次展会，并不足以引起人们特别的兴趣，吊起人们胃口的应该是其古怪的展出形式——展出的珍珠全部陈列在牢笼之中。

牢笼——除了用“牢笼”，找不到更合适的词来描述了。牢笼的面积有二十叠大小，四围和天花板上全都由粗重的黄铜格子组成，而且唯一一个出入口也不知是从外还是从内严实地上着锁。牢笼里有一个男子，时不时地讲解珍珠。

这样的形式撩起了众人的好奇心，报纸以《牢笼中的男子》为题刊载了文章，这样一来，又引发了更多的社会关注。

为什么要采用这样夸张离奇的展出形式？原因将在下面细说。

这次展出的珍珠全部归一个叫加纳大吉的人所有，此人顾虑极深。在他看来，在当今这不太平的世道，谁都不知道什么时候会发生怎样的变故，他出此奇思妙想，为的就是让无论多大胆的窃贼也无从下手。任盗贼劫匪胆子再大，持何种凶器，也休想对珍珠有丝毫侵犯。

所有陈列的珍珠都放在牢笼之外的人无法触及的位置，加之牢笼四方透明，无论里面发生什么情况，马上都会被人看见。人们普遍称赞这是个不错的想法。

“可是，牢笼里的那个人脸皮可得足够厚啊。又不是动物园里的狮子、老虎，堂堂一个男子汉被关在牢笼里，可不是件舒心的差事。”

“这么说还真是呢。虽然加纳大吉和御本木齐名，同为珍珠王，可他干的事也太小家子气了。他有那么多珍珠，被偷走一两颗也不算是什么大事嘛。”

“哈哈，你可真会胡说八道。虽然只是一件物品，可在主人眼里就不是那么回事了。加纳这么爱惜这些珍珠是另有隐情哪。”

“隐情？什么隐情？”

“你瞧，牢房中央有个假人模特，它脖子上不是绕着一串项链吗？那可是加纳引以为豪的宝贝。一条串了那么大粒珍珠的项链，在这世上也不多见吧。加纳给它起名叫‘美人鱼之泪’。而且，有个人一直对它垂涎三尺。”

“谁？谁对它……”

“白井顺平。喏，就是那个战后发了横财，被称作新兴财阀的人。他对这条项链十分钟爱，出价好几万……这年头几万也算不得什么了，总之，他曾声称只要加纳肯松口，花多大价钱都行。更别说还有大把大把的人排着队觊觎那串珍珠呢。但是，这个加纳，不管人家出多少价钱，死活都不肯放手。毕竟这东西一直被加纳当成镇宅之宝，所以很难把他说通。这么一来，白井也越发固执了。好嘛，他声称‘既然你不卖，我也就不买了，我就用别的手段，哪怕非法，也一定要把那串珍珠弄到手’。”

“你说的非法手段，意思是偷窃？”

“嗯，是啊，或许吧。而且，那个白井顺平出了名的蛮不讲理，既然放出了话，就肯定会去干。正因为这样，加纳才显得战战兢兢的。”

“嗯，可是白井也太奇怪了。他这样言出必行也就罢了，可偷来的赃物，也不可能给美丽的女人挂在脖子上啊。”

“什么嘛，这不是问题的重点。重点是，这么闹了一番之后，双方都越来越固执了。这不是挂不挂在脖子上的问题，而是谁拥有这串项链的问题。这是在比谁扛得住。”

珍珠牢笼旁边有一家咖啡厅。咖啡厅的一隅，三四个年轻男子一边喝着咖啡一边专心地讨论这个问题。坐在这家咖啡厅里正好看得见珍珠牢笼。牢笼中的男子现在刚好介绍完毕，看客们陆陆续续地散去了。这时，三个人走到了牢笼前面。

三人中，一个是六十岁左右、胖墩墩的男子，头发斑白，一眼看去一副村长模样。下嘴唇肥厚，明显地凸了出来，显得十分冷酷。紧随其后的是个二十七八岁的年轻人，如同一件精巧的艺术品，体形纤瘦，肤色出奇地白，皮肤堪比牢笼中的珍珠，散发出冷艳而又静谧的光泽。鼻梁高挑，像被削过一般。眼睛清澈明亮，嘴唇好似搽了口红一样艳红。如此道来，他似乎是个相貌出众的美男子——事实上，确实如此，只是身材太过瘦削，让人觉得会瞬间嘎嘣一声折断似的。一个二十五六岁的年轻女人和青年说着话，走了过来。这是个不折不扣的美女——身材高挑，小麦一样淡褐色的皮肤，一身纯白的蕾丝连衣裙显得清爽雅致。一条薄薄的面纱遮住了容貌，但从面纱里透出的那双眼眸却如同星辰般光彩照人。

看客已经散去，三个人走到牢笼前站住，朝牢笼中的男子打了个招呼。于是牢笼中的男子马上走到入口，恭恭敬敬地解开门锁，打开了门。三个人就这样走进了牢笼里。

“喂，看见了吗？说曹操曹操到，那人就是加纳大吉。”

“嗯，应该就是他，可那个年轻小伙儿是谁？”

“加纳的独生子龙吉。”

“他儿子？就他……跟他老爹可是一点儿也不像啊。他老爹长成那个样子，儿子却长得这么俊俏。演员也没他这样好看吧。”

“是啊，好看归好看，只不过有点缺陷。”

“有缺陷？脑袋上吗？所以才……”

“哪里！不是这么回事。怎么说好呢？总之，他发育得有点儿晚。到这个年龄还在发育，这也够奇怪的了。反正，他身上有些不正常的地方。听说是个早产儿，出生后在玻璃温箱中生长，可能就影响了他吧。现在完全没有生活能力，唉，也算是个娇生惯养的孩子。他今年已经二十八岁，却还是个孩子。不过在他老爹眼里是棵独苗，而且是个娇弱得不能离手的孩子，所以就对他放纵娇惯，眼看着越来越没出息。他现在简直还是个黄毛小子。”

“嗯，这就叫名家无二代吧。不过，那个女人是谁？真是个美人啊。”

“哦，那个女人吗？老实说，这个女人可是个大麻烦。他们父子因为这个女人闹得相当不愉快。她叫三轮芳子，原本是龙吉老爹公司的打字员，不过龙吉那家伙对她下了手。这样的事情现在也时常发生。一开始，他老爹并不怎么放在心上，因为觉得这种事用钱迟早会摆平。可是，这次却有些不太一样，龙吉好像并不是一时冲动。他说无论如何都要和芳子结婚，可老爹就是不同意。不过，事实上，他已经把这种关系看成了夫妻关系，把芳子接进了家里。这事让他老爹很伤脑筋。”

“可是，这有什么不好的？这种事……你瞧她，看上去也很漂亮，儿子又那么中意她，让他们结个婚有什么不妥？加纳以前不也就是个工人嘛，他没道理这么挑剔女人的身世。”

“嗯，是倒是这个道理。不过，你要是站在了他那个位置，也一定想让一个出身名门的女人嫁进来吧。他也不知道自己的儿子有什么缺点。而且，加纳无论如何不能接纳那个女人——芳子，其实还有另一个原因。”

“哦？什么原因？”

“你看清楚芳子的左臂了吗？要是没看清，待会儿等她出来的时候仔细看看吧。她的手臂上套了一个很粗的金手镯……”

“手镯？那只手镯有问题吗？”

“是哪，那只手镯下面有个不得了的东西。听说那个女人在那个地方刻了文身。好像是个红桃Q，我说的是扑克牌。她手臂上有这么个文身。”

“文身——那个女人？”

听者发出一阵惊讶的声音。这时，另有两个人也因为这句话一下子紧张了起来。

这间咖啡厅的另一隅坐着两个男子，他们一直有意无意地在听那些人说话。二人年龄都在二十五岁左右，穿着晚礼服，一人肤色浅黑，一人肤色白皙，面貌则几乎一模一样。他们是双胞胎，一对踢踏舞演员，刚在七楼的演艺场表演过。一个叫星野夏彦，一个叫星野冬彦，夏彦肤色白，冬彦肤色黑。

“阿夏，你听见那个人说的了吗？”冬彦探出身子，越过桌子向夏彦悄悄问道。

“阿冬，我听见了，他说的是红桃 Q 的文身吧？”夏彦也探过身子小声说道。

“是啊，要说红桃 Q 的话，那就等于在说雕龟先生。难道说……”

“嘘！别出声，他们又开始说了。”

对面的谈话又在继续，于是二人侧耳倾听起来。

“……然后嘛，芳子说，她在不知不觉间被人文了这么个图案。这可真是件怪事，可她就是这么说的。这事发生在五六年前，当时她还在某个学校上学，不过上的是夜校，学习打字。有一天晚上，她妈妈忽然生病了，告诉芳子已经派车去接她回家。当时，只有她们母女俩住在一起，所以芳子惊慌地坐进了那辆停在校门口的车里。让她吃惊的是，里面竟然坐了个蒙面女人。芳子以为上错了车，慌忙准备下车时，蒙面女人忽然伸出手臂紧紧地搂住了她，拿出手帕一样的东西放在她鼻子前，于是芳子失去了意识……接下来发生了什么，她就不记得了。等她醒来时，发现自己躺在自家附近的路边。当时，她只觉得左臂针扎似的疼，回到家一看，发现被人刺上了文身……芳子是这么说的。”

“哦？你说的这些简直跟侦探小说一样。”

“是啊，所以加纳老爹才不相信她。一个文了身的女人要嫁进家门，恕不接受！就这样，不管儿子怎么求他，他都不会点头答应。”

“嗯，这也不能怪他。那个女人居然文身。”

“啊，出来了，出来了，你仔细看看她的手镯。”

年轻人一阵骚动。

“阿冬，走吧。”

“嗯，阿夏，我们走。”

双胞胎夏彦和冬彦匆匆付了账，小跑着离开咖啡厅。加纳父子和三轮芳子三人此时恰好从牢笼里走了出来。

夏彦和冬彦双手揣兜，摆出一副吹口哨的模样，晃晃悠悠地靠近那三个人。

加纳大吉和龙吉正小声地争执着什么，从双胞胎面前走了过去。三轮芳子一脸悲伤地跟在后面稍远处，低着头朝双胞胎走来。

夏彦和冬彦待芳子走到面前，忽然左右分了开来，芳子只好从两人中间穿过。

正当此时，夏彦冷不防地小声说了一句："是啊，阿冬，要说文身师，雕龟先生可算得上第一。"

"没错，没错，阿夏，我也这么觉得。要是请雕龟先生文身，也算是天下名人了。"冬彦小声地附和道。

芳子吃惊地放缓了脚步，瞪了二人一眼，然后快步走开了。

夏彦和冬彦目送她的身影渐渐远去，然后四目相对。

"怎么样，阿冬？她的反应在意料之中还是在意料之外？"

"这……我也不是很确定。阿夏，这事无论如何都得回到公寓找雕龟先生谈谈。"

"然后找他当场验证吗？可是，雕龟先生也不知道她长什么样啊。"

"嗯，要是能看见她的文身，就应该没问题了……"

"是啊。阿冬，这事我是这么想的……"夏彦一番低语。

"原来如此，这倒挺有意思。那我们先试一次吧。那个女人几乎每天都会到这里来。"

"好，就这么办，好好干它一番。雕龟先生这下一定会同意的，以后我们也可以放心了。"

"是啊，高枕无忧了。哼哼，接下来，好戏就要开场了。"

这是一对异常诡异的双胞胎。夏彦和冬彦对视着不怀好意地笑了。他们哪里会知道，这不怀好意的心思，竟会让他们卷入一场意想不到的风波——这对双胞胎并非神灵，他们根本不会知道。

美人鱼之泪

再来说说这个牢笼吧。

前文已述，牢笼的面积大约有二十叠，四周和天花板都是粗壮的黄铜格子，有时光一照，金光闪闪，无比璀璨，看上去就像是个巨人国的黄金鸟笼。

来到和平商场七层的人，首先都会被这巨大的黄金鸟笼吸引住目光，接着走到格子旁边。等他们看到了牢笼中的东西，又会沉迷其中，忍不住发出一声悲凉的叹息。

这场面，无论用多少豪华、绚烂之类的辞藻，都无法准确地形容出来，简直就是一片妖艳的梦幻之境。

牢笼中有一个巨型的大理石盘，大得几乎盖住了整个牢笼的地面。盘子里是一片神秘的大海，一块突兀的岩石耸立海中，冲向岩石的海浪不断被击碎，腾起，变成水雾散落下来。一道长长的银色瀑布从岩石上倾泻而下，在瀑布的脚下，水波激烈地回旋，形成漩涡。瀑布中依稀可见一个头发甩起的裸女上半身。这是个美人鱼，离她上半身不远的地方，一条粗大的尾巴浮出水面，看上去像是要啪的一声跳到空中。美人鱼一只手高高举起，指间挂着一条项链，项链的另一头挂在脖子上，她一脸得意地微笑着。岩石之上悬着一轮明月。

这是一场描绘在牢笼中的美梦。当然，如果只是这些还不算稀奇，也不至于让人惊讶。搁在从前，只要去一趟浅草的花园，比这出色的人形塑像随处可见。尽管如此，人们却依然在牢笼前驻足良久，忘我其中，并忍不住发出悲凉的叹息。其原因就在于制造这场梦境所用的材料上。

珍珠王加纳对自己的珍珠一点儿不吝惜，把它们当成了一般的材料。不，说拿它们当材料还不够准确，应该说这片梦幻之境全部是用珍珠打造出来的。

牢笼中那只巨大的盘子，里面汹涌澎湃的大海其实全部都是珍珠。无人知道这些珍珠究竟堆了多厚，即便只是铺了一层，那也是足足铺满了占据着二十叠牢笼的盘子。堆起来的珍珠数量之巨大，已是毋庸赘言，而岩石上挂着的那道细长瀑布、被击碎的波浪、飞溅的水沫，还有美人鱼的鳞片和缀在她散乱发丝上的水珠，全部都是珍珠。想想看吧，这些珍珠在照明光线下，或呈青蓝色，或闪耀着紫红色，这光景——无怪乎观者统统看得失了魂，临了还要唉声叹气了。

可据报纸报道，这片数量巨大的珍珠海洋，和那串挂在美人鱼脖子上、被她夸耀地用手捏起的珍珠项链相比，根本不值一提。那串项链全由当世无二的上等珍珠串成，足以媲美王侯之家的财富。它名叫美人鱼之泪，正是被称作战后新兴财阀的白井顺平宣称不惜任何非法手段也要夺到手的珍珠项链。

牢笼里始终留有一个人在看守，名叫诹访三藏，是珍珠王加纳的心腹。他年龄在三十岁上下，十分瘦弱，肤色浅黑，总是穿着一身黑色的便装西服，显得整洁而贴身。

诹访三藏不仅是牢笼内的珍珠看守人，还是解说人。一天之内，他要看准人群聚集的时机，对展出的珍珠进行几次解说。

前一章所述事情发生后的第二天，正午刚过，对和平商场的这个位置而言，此时是一天中人最少的时候。牢笼中的诹访三藏刚刚结束了重复了几遍的解说，出去了，大概是去吃午饭，现在牢笼中一个人也没有，不过门上严严实实地挂了锁，因此不必担心失窃。这把锁的钥匙只有诹访三藏和加纳大吉各持一把。不管人少到什么程度，旁边就是一家咖啡厅，任何人都无法避人耳目地公然打破牢笼抢劫。

此时，咖啡厅中有数名男女正在喝茶，我就单讲讲和这个故事有关的几个人吧。首先，对面一个角落里的那两位，不必多说，就是双胞胎踢踏舞演员星野夏彦和星野冬彦。他们今天穿着笔挺的方格纹西服，煞有介事地系着领带。两个人优哉游哉地搅动着杯里的咖啡，时不时探身悄悄说些什么，好像在期待某事发生。从他们坐的位置可以正面看见珍珠牢笼。牢笼的左右两边斜挂着宽布条幅，一直延伸到对面的墙壁上，条幅上用电影标题风格的文字写着珍珠的宣传文字。

离双胞胎夏彦和冬彦稍远的一张桌旁，坐着一个穿和服的男子。他头发又硬又短，一件窄袖的和服显得十分破旧。腰间是粗布腰带，脚上是白短袜，都是些十分寒碜的衣物，但在他身上却干净紧致。这个肤色略深的矮个男子就是文身师清水龟三郎。离他稍远处坐着一个男子，眼神出奇地锐利，年龄和龟三郎相仿，四十多岁，神情却让人觉得形迹可疑。此人穿着军队处理品般的衣服，显得暑热难耐。一根烟懒懒地斜叼在嘴里，埋头看着报纸。不过有心人还是注意到了该男子的举止：他这双眼绝不是在看着报纸。他隔三差五地抬起头，刺探性地看着龟三郎。而龟三郎又不时疑惑地看着夏彦和冬彦。双胞胎还是老样子，兴致勃勃地说着悄悄话，每当龟三郎转过头来，他们就微微把头转向旁边，偶尔仰头看看柱子上的时钟。

双胞胎夏彦、冬彦，文身师龟三郎，还有那个眼神出奇锐利的男子——这四个人之间看似有某种关系，而且他们还努力掩饰，装出若无其事的样子。

十二点半，柱子上的时钟咚地发出一声困倦的钝响。吃过午饭的诹访三藏回来了，身边还跟着一个人。一个穿着纯白色蕾丝连衣裙、脸上蒙着薄纱的女人。这个女人裸露的左臂上戴了一只大手镯。龟三郎见状不由得两眼放光，夏彦和冬彦也意味深长地咳了一下。眼神锐利的男子闻声马上折起报纸放进口袋，唰地一下子站了起来。不一会儿，龟三郎也站了起来。夏彦和冬彦依旧是什么也不知道的表情，开心地窃窃私语。再看看那个跟着看守人诹访三藏的女人。

"……然后，社长说，无论如何都要把它带过去，于是我就被他使唤过来了……"

"奇怪啊。今天早上看见他的时候，社长根本没说这事……不管这么多了，先进去吧。"

诹访取出钥匙打开门，走到牢笼里面，女人也跟着走了进去。

"所以说，他是忽然想到这件事。他看上去好像很担心，难道……"

"难道什么？"

"就是那种事啊，你想想，那个叫白井顺平的……社长该不会是听到了关于他的什么风声吧？"

"白井……白井顺平能在这里怎么样？这里一直都锁得严严实实的，而且大庭广众之下，他连一根手指都休想伸进来。"

"嗯，是这个道理呀，我也是这么对他说的。我说放在这里应该反倒更安全……可是社长无论如何都放心不下，好像有什么事情让他格外担心。"

“社长对这事也太神经过敏了，还真把白井的虚张声势当真了。要换了我，根本不会拿这个当回事。”

“是啊，不过，想想看，社长这么神经过敏也是情理之中的。白井总归是个做事不计后果的人……不管怎么样，我只是个被使唤的人，只负责把它拿到手。诹访先生，那我就先拿走了。”

诹访三藏一只脚站在大理石边缘，不安地看着美人鱼之泪。“我总觉得不对劲。”

“哦？不对劲……诹访先生难道是在怀疑我说的话吗？哎，这太过分了，太过分了！如果你这么不相信我的话，可以打个电话去问问。”

“不，没、没这回事。我是在担心，这么做反倒会让白井那个家伙有可乘之机。三轮小姐，您就不怕吗？您拿着这么贵重的东西，只身一人……”

“放心吧，这里离事务所这么近，而且社长还把他的车借给了我……”

“哦，是吗？原来您是开着社长的车来的。”

诹访这才终于抛开了疑虑。深知社长与三轮芳子关系的诹访，对社长把如此重要的任务交给她，隐隐感到可疑。但是既然社长连车都借给了她，那一定是有什么打算——诹访转念想道。

“好吧，那您稍等，我这就取下来给您。”诹访绕过大理石的边缘，朝那块人造岩石走去。女人目视着他的背影，眼睛里放出奇异的妖艳光芒，嘴角微微露出一丝笑意。但她马上就抹掉了笑容，脚步匆匆地走向那块岩石。

牢笼前稍远处站着文身师龟三郎和目光锐利的男子，二人假装无心地看着牢笼里面。此时牢笼周围除了他们，别无他人。对面的咖啡厅里，夏彦和冬彦依旧在高兴地私语，但他们的眼睛丝毫没有放松警惕，直盯着牢笼的方向。

诹访的身影终于出现在了岩石旁，只见他脱掉鞋袜，小心翼翼地穿过珍珠海洋，将美人鱼脖子上挂着的项链取了下来。

“三轮小姐，您带了什么东西来装吗？”

“带了，我带着手提包。”岩石对面传来了女人的说话声。

那串闪耀着五彩光泽的项链被诹访一圈圈绕好，收进手中，他又渡过珍珠海洋走了过来。牢笼外，目光锐利的男子的眼睛忽然放出了刺人的光芒。文身师龟三郎不安地观察着男子的侧脸。

“哦，好的，那就交给我保管了……我赶时间，先走了。”

诹访好像回答了一句什么，但没能听清。

女人从岩石背后现出身来，绕过大理石雕像，走到牢笼边缘。这时，目光锐利的男子飞快地往四下看了一眼。而龟三郎或许因为情绪紧张，脸色苍白，不停地舔舐干燥的嘴唇。

门没有上锁，女人从里面把门打开，匆匆走到外面。事情就是这个时候发生的：站在门边的目光锐利的男子，唰的一下凑到女人身边，一时间两个人就像被缠住似的撞在了一起。

“哎呀，你干什么……”女人尖叫了一声。与此同时，当啷一声，她那只黄金大手镯掉到了地板上。手镯打着圈圈滚来滚去，最终滚向了咖啡厅的方向。夏彦和冬彦马上从座位上站了起来。

瞬间，一场默剧上演。

女人本能地伸出提着皮包的手去抓手镯，一双睁得大大的眼睛紧盯着手镯的去向。她的脸颊一下子充了血，愤怒和羞耻像黑色火焰一样在她身上晃来晃去。龟三郎一只手搭在牢笼的格子上，猫着腰仔细看起了女人的左臂。只是一瞬间的印象，但他确实看到了一个小小的扑克牌图案……毫厘不差，是个红桃Q……

眼神锐利的男子迅速从女人身边走开，三两步后，回头直勾勾盯了一阵，然后立刻回身往楼梯的方向跑去。

夏彦把滚到他脚边的手镯捡了起来。“请问，小姐，这是你的东西吧？”夏彦拿着手镯，三步并作两步走到女人面前。

女人紧紧地咬住嘴唇。

“谢谢！”女人冷漠地道了声谢，一把夺过手镯，打开了手提包。这时，女人忽然像是被什么弹开似的，往后退了一步。“啊，项链……”她似乎立刻反应了过来，用手提包掩住嘴，然后猛冲向楼梯。

龟三郎见此情景，像只野兔般追在了后面。

夏彦和冬彦相视而笑。

“阿夏，看来进展挺顺利。”

“哼哼，手镯被撞掉的时候，那个女人脸都吓歪了。”

“话说回来，你怎么看？她到底是被龟先生文了身的女人，还是绑架龟先生、让他在另一个人身上文身的女人？”

“这……不清楚。问问龟先生，就会明白的。龟先生好像说过，他在自己文过的图案上做了标记。”

“总之，这是件怪事。不过，我说阿夏，你没看出来吗？刚才那个女人打开手提包时好像吓了一大跳。”

刹那间，阿夏吃惊地瞪大了眼睛。“阿冬，阿冬，会不会是……”

“什么会不会？”

“那个混账毛贼顺手牵羊，把美人鱼之泪给……”

“阿夏，这下可大事不好了！”

“阿冬，这可真是大事不好了！”

正当两个人茫然地四目相对时，加纳大吉和龙吉来到了此处。龙吉还是老样子，一只手被他老爹牵着，一个劲儿地撒娇。

大吉见牢笼的门大开，大吃一惊地跑了过去。“诹访！诹访！怎么回事？门都没关上……”

夏彦和冬彦又一次面面相觑。两个人刚才都被那一出闹剧吸引了注意力，而把牢笼的看守人忘得一干二净。说起来，刚才那么大一场骚动，诹访却没有从岩石的后面走出来。

大吉和龙吉快步走进了牢笼，从里面结结实实地上好锁。

“诹访！诹访！你在哪儿？你在干什么？”大吉不断地问道，但是，岩石背后却什么回答也没有。

夏彦和冬彦的心中升腾起一股不祥的感觉，他们绕着牢笼一阵小跑，钻到宣传条幅后面，来到了牢笼的另一边。牢笼中的加纳父子也一阵不安，脚步匆匆地绕到岩石后面。接下来，四个人几乎同时发出了惊叫：“啊！”

牢笼内外的人都站住了。

诹访三藏扑倒在牢笼的地板上，背上插着一把匕首般的细身短剑，银色的剑柄像山鸡尾巴似的颤抖着。

诹访三藏被人刺死了。可是，什么时候？被谁？

废弃屋里的女人

光天化日之下，在众目睽睽的百货商场里发生这样的事，也难怪世人大为震惊了。不过此事暂且搁下，我先来说说文身师龟三郎的去向吧。

龟三郎从商场侧面的出口飞奔出来时，正好看到戴面纱的女人钻进一辆等在正门口的车里。看来，她刚才对诹访三藏说有车在等她，并不是谎话。可这辆并不是加纳大吉的车。

汽车驾驶席上坐着一个四十岁左右、体形微胖、红脸膛的男子。他身穿一件精致的毛呢大衣，一顶鸭舌帽深深扣到眼眉，手指上一只粗大的金戒指闪烁着浓艳的光芒。侧脸的轮廓略显扁平，五官却十分清晰，一看就是个精悍的人。而且，他身上似乎还带着一丝来自殖民地的气息。他就是当今被称为新兴财阀的白井商事老板——白井顺平。

女人一坐进副驾驶席，白井就立刻发动了车子。文身师龟三郎似乎对这样的结局早有预料，早就在附近一家停车场里准备好了一辆车。所幸当时周围比较拥挤，白井的车虽然开走了，速度并不快。龟三郎慢慢坐进车里，跟在他们后面。

接下来说说那辆车里的事情。

"怎么样？还顺利吗？"白井用特有的男低音问道，这声音有一种压倒人的感觉。

女人轻轻摇摇头，嘴唇歪扭着。"没办成，被人算计了。"她自暴自弃地说道。

"没办成？"男子瞪大眼睛放着凶光，"诹访那小子不肯放手？"

"不，这事倒是很成功。诹访那家伙，一开始有些戒心，但还是把它交给了我。可是，等我走出那间牢笼的时候……"

"怎么了？"

"一个奇怪的家伙撞了我一下。我完全没料到会出这种状况。我觉得他并不是一般的扒手，总觉得他撞我带着其他目的。"女人说到这里，紧紧咬住了嘴唇，一副深思的表情死死地盯着前方，然后不知何故，她的身子剧烈地颤抖起来。

“扒手……”白井用余光看着女人的脸，“这么说，你被扒手算计了？”

“嗯，是的。当时出了些意外状况，把我的注意力全给吸引走了，所以扒手轻易地从我包里拿走了项链。真的是防不胜防。等我回过神来，总不能大喊‘抓小偷’吧。再说，我的小腿上还带着伤。”女人说到这里，喉咙深处发出一阵自暴自弃的笑声。

白井则脸色阴沉了下来。“喂，这是真的吗？事到如今，你该不是背叛我了吧？”

“背叛你？我背叛你有什么好处？我跟你说好了，我帮你把项链偷出来，作为回报，你给我十万元，对吧？我为什么要背叛你而白白丢掉放在眼前的十万元？别说胡话了。”女人打开手提包，从中取出一支香烟，衔在嘴里，然后咔嚓一声用打火机点着，一副不高兴的样子。

“嗯，这么说，项链真的让扒手给偷去了。不过，三轮小姐……”听白井强调的语气，这个女人或许当真就是龙吉的情人三轮芳子吧。“这样的话，我可伤脑筋了。当初东西还在加纳那家伙手里的时候，我还有希望想办法把它弄到手。现在这东西却被来路不明的小毛贼给偷了去，这下几乎没希望再拿到手了。接下来究竟该如何是好啊？”

“什么‘如何是好’！这也是没办法的事啊。我又不是故意让他偷走的。你倒是设身处地为我想想，眼睁睁看着十万元钱从我手中溜走是什么滋味。”

“问题不在于钱！”白井忽然用尖锐的声音压住了她，“三轮小姐，请不要误解我。我之所以对这次的事情这么用心，并不是因为我利益熏心。我这个人有个习惯，一旦放出话去，就一定要坚持到胜利。加纳那家伙如果老老实实地把项链让给我，我也不会这么放在心上。可是，那家伙硬得撬不动，而我又已经下定了决心。那条项链本身对我来说算不了多大的事，弄丢了也就随它去吧……可是……可是，男人就是要争口气，所以无论如何我都必须把它弄到手。”

真是一种莫名其妙的执着。此人身上带着一种偏执狂的性格，一旦看中了什么东西，就完全顾不得底线了。

“话说回来，三轮小姐，你说的那个扒手长什么样？”

“如果找到了他，你想怎样？”

“当然，我会从他手里买下东西。”

“那样的话，我有什么回报？”

白井微微低了一下头：“也罢，如果你找出了那个扒手，把他带到我面前，我就会把说好的那些钱付给你。可是，你有信心把他找出来吗？”

“未必没有。你朝后面看一眼吧。”

“什么？”

“我们离开商场的时候，有辆车一直跟在我们后面。我认识那辆车的主人，刚才扒手撞到我身上的时候，他好像就站在一边。哎，不行，在这里停车的话……就照现在的样子慢慢开吧……尽量让他跟得上我们。”

“嗯，你是说，他是扒手的同伙？”

“是不是我还不清楚，不过，看样子应该是有事找我。难道说，他是想借毛贼的手，确认我的……”女人说到这里忽然住了口。

白井百思不得其解地凝视着女人的侧脸：“你的……”

“没什么，不算什么，跟今天的事没有关系。不过，我还是有必要和他打个交道。不，不行，现在不能停车，要是你露面，事情就坏了，他一定会逃掉。就算我们抓住了他，他也不会说实话的。”

“那……那该怎么办？”

“给我点时间，让我想想。”女人咬住嘴唇，思考起来。

白井疑惑不解地看着她的侧脸，心想：真是个怪女人。

其实白井对这个女人的底细也不甚清楚。大约在一周前，这个女人忽然来到他的事务所，说如果他执意想要美人鱼之泪，她可以弄到手。说老实话，白井那个时候也是非常吃惊。他也曾两三次看见这个女人和加纳的儿子出现在一起，而且隐约听说大吉不留情面地反对这个女人嫁给他的儿子。所以白井心想，她准是因为这个过节，打算对加纳反戈一击。

“我绝不会让你牵连进任何事情。如果我成功地把项链拿过来，作为回报，请你给我十万块的酬金。”

女人表现得十分积极。她这态度让白井非常满意，于是对她一再做出承诺。终于，今天女人打来电话，说她即将展开行动，让白井正午过后开着车到和平商场侧面的入口等她。事后，他们就这样，一起坐进了车里。

“好吧，那一切都交给你了。你说该怎么办？”

大约过了一个小时，文身师龟三郎终于看到眼前那辆穿行于东京的街道中，慢得跟蜗牛一样的车忽然停在了行车道的一条坡道下方。蒙面女人从车里跳了下来。

“那……我们待会儿见。”女人朝车里摆摆手，转身上了坡道。汽车立即开走了。

这下好了！龟三郎在心里喊道。他匆忙把车开到了坡脚下，这才发现此处是原宿附近。这一带曾经盘踞着好几所大宅院，如今全被战火夷平，只剩下一片瓦砾堆。褪色的砖块和烧剩下的观赏树木反射着盛夏烈日的强光，俨然一处让人见了嗓子都要冒烟的风景。女人在炎炎烈日之下，像一道幻影似的走在坡道上。坡道并不是很陡，所以龟三郎依旧开着车跟在后面。上到坡顶，分出三条岔道，此处也是一片被战火烧焦的原野，四下都是被烧毁的仓库废墟，它们就像盲人的眼睛一样目光空洞地凝望着天空。周围一个人都没有。

女人似乎走惯了这样的路，只见她的高跟鞋匆匆地踢飞干燥的泥土。到最后，焦野路边奇迹般地出现了一幢在战火中保留下来的房子，但也已经面目全非：围墙基本上已经焚毁，庭院里的树凄惨地枯立着，屋顶到处都是洞。看样子战后就没有再修葺过，完全成了鬼屋。

女人钻进了那扇形同虚设的门，快步走到屋里。不用多说，龟三郎自然也在片刻之后潜入了围墙内。

走到围墙里面，房子更像鬼屋了。战争结束整整两年，这幢无人照管的房子任其荒废，处处都残留着爆炸的痕迹。即便如此，仍可想象出它当年气派的景象。

龟三郎站在杂草丛里，观察了一阵周围的动静。只见屋子的大门紧紧地关着，到处都看不到女人的身影，连这房子有没有人住都不知道。龟三郎越来越不安，甚至想干脆就这样撤回去得了，可是好奇心死死地挽住了他的脚步。

忽然间，不知何处响起了钢琴的声音，叮咚叮咚……只是一串毫无意义的键盘敲击声。响过一阵后，钢琴的声音止住了，之后又只剩下盛夏的白天里令人憋闷的沉寂。

龟三郎吃了一惊,吓得呆立在草丛里。这反倒成了一针兴奋剂。哼,我会怕么!他暗自说着,离开杂草丛,从刚才就看准了的厨房便门潜入了屋子。大门紧闭的屋里弥漫着一股沉闷的湿气,不过因为屋顶上到处都是洞,屋里倒是比想象的要明亮。

龟三郎踮起脚慢慢朝刚才传来钢琴声的西式房间走去。房间的门开着,龟三郎朝里面一瞧,只见一台钢琴开着盖子。那个女人本应该在这个房间里——这么一想,龟三郎又朝四下里扫了一眼,不由得咕嘟一声咽了口唾沫。

房间的一角摆着张床,挂着猩红色床帘,床帘的缝隙里露出一只白皙的女人手臂,而且手臂上有个眼熟的文身……

这一切都似曾相识。就是这幢房子!几年前,龟三郎蒙住眼睛被人带进来的就是……

龟三郎为了确认女人的文身,不待多想就走进了房间。屋里同样弥漫着一股废弃屋特有的异样湿气,其中还混杂着一种酸甜的味道。这些气味一股脑地冲向龟三郎的鼻子。但是被强烈好奇心驱使着的龟三郎根本没有多想,他走到床边,弯下身子,打算仔细观察女人的手腕。

忽然间,一双柔嫩的手从后面伸出来,严严实实地盖住了他的眼睛。

"呵呵呵呵,终于被我逮着了。"

一阵尖锐的女人笑声让龟三郎吓了一跳,他试图挣脱女人的手,可那双手却似乎带着糖浆一样,死死地贴着龟三郎的双眼不松开。

龟三郎心里涌起一阵恐惧。"放开,混蛋!放开我!"他声音颤抖着,拼命挣扎。

他们二人扭打在一起,咚的一声倒在了废弃屋的地板上。女人的手掌依旧没有从龟三郎眼上松开。女人缠绕在他身上，身体的热度透过衣服灼烧着龟三郎的肌肤。龟三郎感到口干舌燥，一阵诡异的恐慌在他体内翻腾起来。

仇恨的熔炉

仿佛落入了一只巨大蜘蛛精的罗网之中，龟三郎越是挣扎，女人柔韧的身躯就越是黏糊糊地粘住他全身。她就像一条缠绕在松树枝干间的藤蔓，柔软却带着任凭风吹雨打也决不松开的韧性。一双如此难缠、冰凉的女人的手紧紧蒙着龟三郎的双眼。

龟三郎在地板上翻来滚去。“混蛋，混蛋！可恶，快松开！”

女人的身体却越发往他身上粘过来，从背后抱住龟三郎，跟着一起翻滚起来。不光如此，女人还一个劲儿地从喉咙深处发出怪笑。“唔哈哈哈！唔哈哈哈！”

一阵捉摸不透的恐惧袭向龟三郎。这个女人是傻还是有病？不，不，他只觉得被一个不知底细的恶魔缠住了身躯。

“救、救命！”龟三郎终于发出一声悲鸣。这是一句很失颜面的话，可毕竟他对这个女人一无所知，因此十分害怕。这个女人究竟想拿自己怎么样……龟三郎怕得连头发都要吓成白色了。

“救命！来人啊！”就在龟三郎抛开面子和名声，喊了第二声“救命”的时候，走廊里传来了一阵匆匆靠近的脚步声。有人闯进了屋子。

“啊，这、这是怎么回事？”一个深沉而响亮的男人的声音传来。龟三郎一阵惊喜，心跳加速。但是，接下来的瞬间，马上又陷入了如坠地狱之底的绝望。

“唔呵呵呵，你果然来了。我就知道你一定会跟踪过来的。你找找看，那个衣柜上面有一个小瓶子吧？帮我把它拿来。”

来者看来是女人的熟人。龟三郎听了他们的对话，像一头受伤的野猪似的，铆足了力气拼死挣扎起来。可是，女人依旧如故，像根强韧的弹簧一般，紧紧地从后面抱住龟三郎。

“唔呵呵呵，没用的，没用的，可别这么闹腾……只会委屈你一下子，你就忍忍吧——找到了吗？嗯，就是那个，请拿它打湿手帕，然后放到他鼻子跟前。千万小心，自己别嗅到了。”

“我说，你想把这个人怎么样？他究竟是什么人？”

“先别管那么多了，赶快按我说的做。我可算是想起他来了，只要问问他，就能知道美人鱼之泪的下落。现在先要让他睡一会儿。”

“你是说，美人鱼之泪是他偷走的吗？”

“不是的，不是的！大哥，不是我干的。我什么都不知道！”龟三郎的双眼仍被女人死死地蒙住，他看不见男人长什么样，可是根据男人说话的口气来判断，他觉得这人就是刚才和女人坐同一辆车的人。

“不是我干的，不是我干的！我一开始就没有这打算，只是想确认一件事情而已……要说偷走美人鱼之泪，那一定是阿源那个混蛋搞的鬼。大哥，饶命……请饶命！”

“我说你，磨磨蹭蹭地干什么呢？再不快点，我的手就没劲儿了。文身师龟三郎先生，你要说的话，我们待会儿再听。不过，我们得先让你睡一会儿。喂，我说你，犹犹豫豫在干什么？真没胆量！”女人的舌头就像鞭子一样毒辣。

“也罢！”男子终于横下心来，一言不发地做了些什么。龟三郎只感觉一股浓重的味道一下子在屋内弥漫开来。

龟三郎反应了过来："啊！大、大哥，大小姐，饶了我吧！我……我……"他拼命想要挣脱女人的手，只感觉一团湿漉漉的东西被按在了鼻子前面。"啊，啊，救命！可恶，混蛋，来、来人啊……啊，啊，啊……"

龟三郎的动作越来越迟缓，刚才还剧烈挣扎的手脚，此时已失了生气，最后，他啜泣着叹出一口气，接着精疲力竭地躺在了地板上。

"喂，他没死吧？"虽说是个男人，话音却一阵颤抖。

"没事。你可真是比我想的还胆小，居然还豪言壮语，说什么不惜非法手段也要拿到美人鱼之泪。"女人放开毫无知觉地躺在地板上的龟三郎，摇摇晃晃地站起来。此时她满面潮红，眼睛里亮着鬼火一样的焰光，头发乱得像个蓬头小孩。她把头发朝左右一甩，然后像男人一样大笑起来。"真是一出好戏，你被吓着了？吃了一惊吧？一定看呆了吧？哈哈哈哈。"又是一阵男人般的哄笑。

白井顺平把那块被打湿的手帕扔到地板上，站起身，先是把头转向那个女人，然后又看着躺在地上一动不动的龟三郎。"我说，你这女人究竟什么来头？还有，那是……"白井用下巴点点床帘缝中露出来的女人手臂，"究竟是怎么回事？躺在那张床上的人是谁？"

"呵呵呵呵！你很在意吗？"女人撩起凌乱的头发，"你要是在意，就钻到床帘里看看吧。"女人甩下这句话，一个转身，朝对面的西式衣柜走去，打开衣柜对开的门，在里面窸窸窣窣地摸索起来。

白井凝视了她的背影一会儿，然后终于下定决心朝那张床走去，撩开床帘，朝里面看了一眼。

床上躺着一个女人，鞋子尚未脱去，一身年轻洋气的装束，只是上半身凄惨地裸露着，一只丰满的乳房露了出来。白井感觉自己被什么耀眼的东西晃到了，匆匆移开目光，但他马上注意到女人的面容和身形有些不对劲。

“哎呀……”白井移开的目光又落回到女人身上，再次端详起她的面容来。惊慌的表情在他的脸上扩展开来。他把头从床帘里缩回来，吃惊地回头看着站在西式衣柜面前的另一个女人。女人正兴味盎然地笑着。

白井又朝床上的女人看了一眼。就这样，好一阵工夫，他来回看着两个女人，最终才抿着嘴，像吹口哨似的说道：“喂，这个女人怎么了？”

“正如你所见，她睡着了……我只是对她做了件你刚才在那个人身上做的事。不用担心，离她睁眼醒过来还有一个小时呢。”

“可是，这也太……她究竟是谁？”

“三轮芳子。喏，就是加纳大吉的打字员，现在变成他儿子龙吉的情人了……”女人的声音里仿佛暗藏乌黑的毒液。

“三轮芳子？她就是……那你到底是什么人？你难道不是三轮芳子吗？”

女人大声笑了起来：“真糊涂！想不到你还是个傻瓜。三轮芳子当然不可能有两个了。不错，我不是三轮芳子，我只是在当她的替身而已。不过，我们很像吧？”

白井又朝衣柜前的女人和床上的女人来回看了一阵。

长得很像，确实长得很像。如果这两个人同时站到面前，说不定都会认错。无论是眼睛还是嘴巴，仔细观察，才能发现一些细小的差别。从年龄上来看，躺在床上的女人更年轻些。但对此不知情的人准会把其中一个错看成另一个。

“她到底是……不，她到底和你是什么关系？”

“你觉得是双胞胎……其实不是哦。我们是姐妹，她是我妹妹。不过，其实我们是敌人。”

“敌人？”

“是的，没错，我们就像是敌人。我一直想让她从这个世上消失掉。”女人脸上浮现出杀气，让白井顺平也吓了一跳，气都不敢出了。

“让她消失……”

“嗯，是的，我就是这么想的。不过我不会杀掉她，你放心。怎么样，来一杯吗？”女人从衣柜里拿出一瓶洋酒和两只玻璃杯，斟上酒。真是个让人目瞪口呆的女人。白井顺平被人称作新兴财阀，是干尽坏事才得到了这名声，论胆量也不是等闲之辈。可是，遇上这个女人，他竟不由自主被牵着鼻子走。

“你到底是什么人？你究竟是谁？”

“呵呵，这有什么要紧呢？无论我是个多坏的女人，也不至于对你下毒手嘛。”

“你到底是谁？”白井顺平又问了一遍。

女人啜着酒说道：“唔呵呵呵呵，这些情况你不是已经知道了吗？莫非你还没向别人打听过？”

白井脸上露出一丝扫兴的神色，一时语塞。

“哈哈哈，果然是这样。”女人冷笑道，“我就知道你不可能不追到这里来。所以我才一直抱住这个人不放，一心等着你来。不过，你来得可真够晚的，准是半路上找了个什么人打听这幢房子和我的事吧？不是吗？”

白井越来越强烈地觉得被这个女人玩弄于股掌之间。他干的事完全被女人说中了。这女人何等狡猾精明！见白井想要说话，女人又大笑起来："怎么样？被我猜着了吧？别人对你说了什么？他说这房子是什么来头？"

"唔，他说……这是原陆军少将矢代多门的房子……"

"哈哈哈，跟我想的一样，你果然是半道上打听了再来的。他有没有告诉你矢代多门的下场？"

"嗯，他在二战爆发后不久，就因为脑溢血猝死了。"

"是的，没错。既然你都问到这地步了，那也一定知道这家人的情况了。矢代多门少将死后，剩下了些什么人？"

"矢代少将的妻子早就过世了，所以，房子由少将的姐姐来接管。至于少将的孩子，只剩一个女儿……"

"那个女儿的名字是什么？"

"珠子，活到今年是二十四岁……就是你吧？"

女人又放声大笑起来。"就这些？你打听到的就这些？"

"不，其实还有一些。"

"那就请接着说出来吧。你不必担心什么。"

"好吧，那我就全说出来。珠子从上女子学校时起，就是个让人碰不得的女痞子，在银座的不良少年圈里也是个有头有脸的人物。父亲死后，她更加无法无天，在战时留下了不少见不得人的传闻。后来，东京遭受战火，她家变成了现在这个破烂样子，加之战后他父亲原本享有的各种特权完全被剥夺，而且由于经济封锁和财产税，她家陷入了一筹莫展的困境。这些变故或许让珠子变清醒了，她老实了许多。可是后来又发生了一场大变故。一天晚上，一个三人抢劫团伙侵入宅子，杀了她姑母，把家中但凡值钱的东西捞了个遍，然后逃之夭夭。珠子的境况变得越来越糟糕，于是不久就把这所宅子委托给一个远亲，自己离家出走了。然后，也就是半年之前……”

女人放开嗓子笑了：“哈哈哈。姜还是老的辣，一丁点儿时间里就打听出这么多东西。不过，毕竟我的恶名已经传遍天下了……然后呢？”

“我听到的就这些。下面轮到你来说了。”

“轮到我来说？”

“是的。那边的女人到底是谁？你刚才说她是你妹妹，可是人家告诉我，矢代少将只有一个孩子。”

“是啊，是啊，我也曾以为爸爸就只有我一个孩子，可是……可是爸爸还有一个女儿，他的私生女。”

白井顺平瞪大了眼睛看着女人，轻轻叹了口气：“明白了。你说她是你的敌人，就是这个意思吧？”

“是的，没错。不管是谁，身为独生女总有一丝骄傲，可是父亲却还有一个女儿……跟我一样，是他的女儿。你设身处地想想，当我得知时会是什么心情……是的，爸爸在临终前才把这件事说出来。我忽然感到自己坠入了地狱之底。我原以为独占了爸爸的宠爱，没想到他却把更多的爱倾注到了另一个女儿身上。我十分生气，不过那时还是向爸爸保证，以后一定把她当成妹妹对待。是啊，我当时就是这么打算的，放下心里的不痛快，听从爸爸的遗言。可是……爸爸死了之后，我心想，她会是个怎样的人？如果是个太过奇怪的人，我也不好和她相处。于是我主动去看她长什么样，然后……然后……”

“然后……”

“然后就变成那样的局面了。你明白吗？她和我简直就是同一个模子里出来的。你能明白遇上这种事的时候，一个女人会是什么样的心情吗？我勃然大怒，这是一种说不出的憎恨。平时，人们都说我长得和爸爸一样，这是最让我骄傲的。可是，看见她之后，我却发现她比我还像爸爸。从那一天开始，我就决心把她当成敌人。不，是她变成了我的敌人。”

白井顺平目瞪口呆地看着这个女人。虽说女人心最难知，可珠子的心理尤让人感到不解。珠子这令人惊骇的憎恨和燃着暗色火焰的敌视——是那么深不可测，令人捉摸不透。

不过，如果白井是个心理学家，那他多少就能理解这些仇恨了。女孩子大多对自己的父亲抱有一种思慕的情感。就像男人的初恋是自己的母亲一样，女人潜意识中的初恋是她父亲。而珠子自认为是个独生女，想要独占父亲的爱，因而这样的情感就更加强烈。可是，忽然间，她发现自己被骗了，不仅如此，当她发现父亲的另一个女儿长得比自己还像父亲时，心里自然燃起了强烈的仇恨和嫉妒。

可是，白井顺平并不明白这些难解的道理。

“所以，你们当时没有互通姓名？”

“谁要……我都被气晕了，一看到她，当即逃了回来。”

“那么，她知道自己的身世吗？”

“我不清楚她知不知道，不过听说她妈妈是个非常谨小慎微的人，所以应该什么都没有对她说过。听说她妈妈在怀着她的时候嫁到了别人家，然后把生下的这个女儿当成人家的女儿。”

“这么说，她未必知道你是她同父异母的姐妹了？”

“是的，或许是这样。”

“那么你做她的替身有什么目的？”

这时，女人眼里闪现出了一道凶光，她带着极度恶毒的微笑说道：“这个目的，你应该明白吧……首先是帮你把美人鱼之泪弄到手，毕竟我现在手头缺钱。第二个目的是把罪名转嫁到她身上。或许，这才是我真正的目的吧。我可见不得她生活幸福。我说，你可得帮我才行。趁她还在睡，我得把她搬到别的地方去。她只要一睁开眼，就会毫不知情，晃晃悠悠地回到加纳家或者和平商场。到时候好戏就等着她了。哈哈哈，这感觉真不错！”

白井莫名地感到一阵凉彻背脊的寒意，女人那黑暗的仇恨和决心，像铅块一样重重地往他身上压过来……

双胞胎的讨论

“阿夏，杀人了啊。”

“嗯，阿冬，杀人了。”

“这可大事不好啊。”

“嗯，大事不好。”

虽然嘴里说着“大事不好、大事不好”，这对双胞胎却显得无比快意。他们一直反反复复在说“杀人了”，可语气却像是吃了什么美味的东西一样。

牢笼中挤满了闻讯而来的警察，走来走去。加纳父子各是一副表情，一言不发地站在一旁。龙吉是一副惊呆了的神色，大吉则是一张极不愉快的苦脸。即便和他们打交道的是警察，在加纳大吉眼里也不值得信任。这些宝贵的珍珠，哪怕少了一粒也不得了……他的表情传达着这样的意思。

案发后，一时群聚于此的看客，在警察到来之后统统被赶走了，夏彦和冬彦却得到允许，留在了七楼——倒不如说，他们是作为重要的证人，被命令留在了七楼。

夏彦和冬彦坐在刚才那家咖啡厅的一角，饶有兴致地遥望着警察们的活动。

“哎，阿冬，刚才来的那个是检察官吧，一准是……”

“嗯，没错。对着检察官说话的那个人是个警部，说不定是搜查主任。”

“嗯，是的。他刚才对着那帮刑警唠唠叨叨、骂骂咧咧的。啊，医生来了，是叫法医吧？”

“啊，鉴定人员也来了，喏，你看，他们还拿着奇怪的工具。”

“嗯，是来拍照的吧。尸体的位置之类的，必须原封不动地照下来。喂，你瞧！”

夏彦惊叫着的时候，牢笼中唰的一下亮起一道闪光。鉴定人员正在对着尸体照相。双胞胎默不作声地看了一阵，接着又喋喋不休起来。

“我说阿夏，你看见那具尸体了吗？”

“嗯，看见了。阿冬，怎么啦？”

“你看，那把短刀的位置有点奇怪，几乎就是平行地贴在他的背上。”

“嗯，我也在琢磨这个呢。刀刺中的是左肩附近，那应该是从上面朝着与背平行的方向猛扎下去的。如果是那样被短刀刺中的话……”

“嗯，阿冬，你是不是看出什么门道来了？”

“不，没什么。”

“说说看吧，我洗耳恭听。”

“哈哈，阿夏，你可真会装模作样。好吧，我是这么看的：被杀掉的那个人当时正坐在大理石盘子的边上，低着头系鞋带，凶手就是趁这时候把刀从上往下朝他身上扎去。”

“可是，阿冬，这样的话，短刀难道不应该垂直插进他背里吗？不，不说是垂直插进，那怎么也是带有一定角度的。”

“嗯，所以你听我把话说完嘛，不要听到一半就打断我。我的意思是说，凶手拿刀往下扎的同时，那个人受惊站了起来。于是短刀一滑，就以那个角度扎进了他背上。”

夏彦听完，沉默了片刻，把两脚放在椅子上，双手抱膝，前俯后仰地摇晃身子，又抬头看着天花板，摆出一副沉思的样子。“嗯，那个人被杀的时候正在系鞋带，这我也赞同，因为他现在只穿着一只鞋子。不过……阿冬，你看见那把短刀了吗？”

“嗯，看见了，不过只剩下刀把了。看上去像是把又细又短的刀子，跟医生用的手术刀一样……”

“嗯，而且刀把现在还像山鸡尾巴一样摇摇晃晃呢。”夏彦又沉默了片刻，像在整理思绪，时不时地朝天花板看一眼。“我说阿冬，凶手就是那个女人吧？”

“这……这不是明摆着的吗？那个时候牢笼里只有死者和那个女人。死者去取美人鱼之泪的时候，身子被岩石遮住了。然后，两个人都走到岩石的那一边去了。女人就是在那个时候下手的。”

“这样一来……”

“这样一来怎么了？阿夏，你还有别的看法？除了那个女人，别人不可能有那样的下手机会。"

"嗯，这个我也明白……那个时候，牢笼外面也是一个人都没有吧？"

"牢笼外面？"冬彦睁圆了眼睛，"原来你是这样想的。牢笼是那样的大方格组成的，所以从牢笼外面下手也不是没可能。可是，尸体的位置就不对了，不管一个人的手臂有多长，只要站在牢笼外面，是不可能够到那个位置的。"

"嗯，而且牢笼外面也是一个人都没有。不过阿冬，我之所以会有这个古怪的想法，是因为看到了女人从牢笼里走出来的神色。虽说她走出来的时候脚步很急，可是看上去并不像是杀人之后该有的表情。"

"唔。"这次轮到冬彦陷入沉思了。他和夏彦一样，双脚放到椅子上，抱着膝盖晃动起了上半身。"我虽然不知道一个人杀过人之后会有什么表情，可是当时的场面实在奇怪。那个女人确实是很慌张，可是……嗯，或许真的和你说的一样。"

"……所以我才觉得蹊跷。不过也可能是我想多了，所以才变得这么复杂。"

"不……不对。可能不是你想多了。或许多想一步会更好。"

这真是一对离奇古怪的双胞胎。两个人此时都是双脚放在椅子上，双臂抱膝，看着天花板，身体一摇一晃，一直在思考些什么。

"你，还有你……"一听有人叫他们，两人迅速起身。站在他们眼前的，是他们猜测的检察官和警部，分别姓佐伯和千千岩。

"你们说案子发生的时候，你们就坐在这里监视着牢笼，对吧？"说话的是千千岩警部。

双胞胎噌的一下从椅子上站起身，笑眯眯地对视一眼，然后对警部说道："没，我们并不是在监视。而且，那件事是什么时候发生的，我们知道的也不是很确切。"

这样的回答多少带有些耍弄人的味道。警部微微抖了抖浓眉，说道："不，这样的细节我不追究，我只想要你们把知道的情况一清二楚地说出来。哦，在这之前，我先问问你们的姓名。"

"我叫星野夏彦。"

"我叫星野冬彦。"

"而且我们是对双胞胎，跳踢踏舞的，刚才还在那边的曲艺剧场里表演了一把。"

"请多关照！"两个人说完低头行了个礼，仿佛正在舞台上表演。

警部又微微抖了抖浓眉，板着脸，显得不太高兴。他正要说话时，佐伯检察官抢先开了口。他笑着说道："好的，知道了。那就请你们把搜集到的情况说一说吧。不用着急，慢慢回忆，尽可能准确地说出来。"

佐伯一番温和的话之后，双胞胎笑着对视一眼，转向检察官，露骨地表现出对警部的无视，把刚才发生的事一五一十地说了出来。但隐瞒了他们认识文身师清水亀三郎，以及撺掇亀三郎到这里来的事。

"原来如此。这么说，那个三轮芳子让死者去取美人鱼之泪，然后两个人就绕到了岩石后面，对吧？那么，女人从牢笼出来之前在里面待了多长时间？我的意思是，两个人在岩石背面待了多久？"

夏彦和冬彦相互看了一眼。

"这个，我觉得是很短的一段时间。对吧，阿冬，你觉得呢？"

"是的，我也这么觉得。那个人——牢笼里的看守人绕到岩石背后，没过多久女人就出来了。不过，准确的情况我也记不清了……"

"明白了。然后女人走到牢笼外面的时候，被一个奇怪的男子撞了一下，对吧？那个奇怪的人是谁？”

“不知道……”两人四目相对地说道。

“那会不会是个扒手呢？事情很突然，我们也没明白究竟发生了什么……”

“如果他是扒手，这么说，他早就知道女人会把美人鱼之泪拿出来了？”

“这……”

双胞胎快速地交换了一下眼神，然后把问题含糊了过去。警部的眉毛猛地抖动了一下，眼睛里放出怀疑的目光。正当他准备开口的时候，检察官又拦住了他：“还有，你们说，除了扒手之外，还有一个可疑的男子在一旁转悠。他是什么人？”

“不认识。”

“不许撒谎！”站在一旁的警部终于忍不住了，雷鸣般地说道，“装不知道是没用的。你们两个——你们这对双胞胎和那两个可疑的人暗地里准有勾当，我可知道得一清二楚。你们四个在事发之前，早早地就占了这里的位子，还诡异地频繁交换眼神，难道不是吗？我可全都知道。”

这对厚脸皮的双胞胎听了这话也不由得有些变了脸色。“是谁？谁这么说的？”

“这家咖啡厅的老板。”警部冷笑了一下，“这位老板觉得你们形迹可疑，看上去有所图谋。他想知道你们究竟要干什么，于是暗中观察了你们，结果，你们竟然闹出了那样的事情。所以，他说你们一定知道这案子的内情……你们还有什么话可说吗？”

夏彦和冬彦被一顿痛斥，脸色越来越不好看了。

“阿夏。”

“阿冬。”

“这家伙不得了，全部都被他识破了。”

“没办法了，那我们就老老实实把这事说出来吧。”

双胞胎败下阵来，准备开口说实话。这时，楼梯那边忽然炸开了锅。两个人不由得朝那边看去，顿时不由得瞪大了眼睛。一个人被刑警一左一右抓着手臂，步履蹒跚地走上楼梯。不是别人，正是三轮芳子。

面朝右的王后

三轮芳子一出现，和平商场七楼的所有人仿佛心脏停止了跳动。

夏彦和冬彦目瞪口呆地看着芳子，牢笼内的加纳大吉和龙吉也呆若木鸡地直盯着芳子。

芳子为什么要回到这里来？她为什么要回到自己制造的犯罪现场？难道她已经疯了吗……

此时，聚集在七楼的所有人无一不抱有这样的疑问。

芳子睁大空洞的双眼，目光好像没有任何焦点。她的左右两边被警察押着，走起路来像盲人一般，脚步乱而无章，脸上是一副失魂落魄的表情。

佐伯检察官和千千岩警部似乎马上就察觉到了她是谁，朝芳子慢慢走去。

“这就是……刚才那个女人吗？”

“是，就是她。真没想到她竟然会回来。可是奇怪啊，问她什么，她都是一副茫然不解的表情，什么也答不上来。她的脑袋是不是出问题了？”

芳子睁着空洞的眼睛，满脸迷惑地看着检察官和警部，忽而调转头，目光停在了龙吉身上。“啊，龙吉……”说这话时，她的眼神仿佛才定焦下来。

“怎么了？发生什么事了？为什么来了这么多人？还有，为什么这些人都盯着我看？”

龙吉一脸惊恐，在牢笼里步步后退。这个患着精神虚弱症的青年并没有袒护自己恋人的勇气，他求救地看着检察官和警部，脸上浮现出胆怯的微笑，轻轻地左右摇了摇头，似乎在澄清自己并非这个女人的同伙。

“你就是……三轮芳子吧？”千千岩警部轻轻地拍了一下芳子的肩膀。

芳子吓了一跳，转向警部：“是的，没错……我是三轮芳子。可是，发生什么事了，警部先生？您是警部先生吧？这里到底发生了什么事？请问，这里发生了……”

“呵呵呵，真没想到这个问题会从你的嘴里问出来。这里发生了什么事，你还不知道吗？”

“不知道，我并不知道。到底发生什么事了？您为什么表情这么严肃地看着我？龙吉，告诉我……这里到底发生了什么？”

“喂，别装糊涂了！”警部忽然严厉起来。

芳子像被抽了一鞭子，吓得抖动了一下身子：“装糊涂……我？”

“我问你，你刚才到什么地方去了？不，你刚才逃到什么地方去了？”

“什么我到什么地方去了？”芳子脸上忽然失去了血色，仿佛一只掉入了陷阱的野兽，心神不宁地环视四周，“您问我上哪儿去了……请问，警部先生，发生什么事了？我不在这儿的时候，到底出了什么事……”

“喂，你不打算回答我的问题吗？我是在问你，你到底去什么地方了？”

“我不知道。”

“什么？你不知道？”

“是的，我不知道……我被坏人下了药……嗯，这是昨天晚上的事……我听了社长的吩咐，到原宿那边去了一趟。然后……”

“喂，三轮小姐，我可没问你昨天晚上的事。”

“不是的，不是的，我必须从昨天晚上说起。嗯，昨天晚上，我听了社长的吩咐，去了一趟原宿。可是，可能是社长搞错了，我怎么也找不到要找的地方。我没别的办法，只好挨家挨户地找，找了一个多小时，可最后还是没找到……那边全是烧毁的废墟，想找个打听的人也没有……我只能东走西走。嗯，大概九点钟左右的时候，冷不防地……”

“冷不防地？”

“有人突然从后面扑上来，拿着一样湿乎乎、带着酸甜气味的东西往我鼻子上塞，我就晕了过去……”

“晕了过去？”警部眼神狐疑地盯着芳子。

芳子双手紧紧握拳，扭着身子说道：“是的……晕了过去……那之后我就什么都不知道了。然后……然后……我刚刚才醒过来，发现自己坐在上野的一把长椅上。”

夏彦和冬彦面面相觑。警部“哼”了一声，说道：“你不觉得你这经历简直跟小说一样吗？这么一来，你的意思是说，从昨天晚上到刚才为止，在什么地方发生了什么事情，你全都不知道吗？”

“是的，就是这样。警部先生，请您相信我。我以前也遇到过这样的事，哦，对了，您可以问问社长，昨天的事，我绝对没撒谎。您去问问社长……”

警部转过头来，只见牢笼中的加纳大吉苦着脸点了点头。

“是的，这个……我派她去原宿，确有其事，所以，她在那边一遍遍地找地方，恐怕是真的。我派她去的那个地方，是一个老客户的家。我后来才注意到，那家的房子遭了战火，一家人已经疏散到乡下去了。都怪我一时疏忽，用的是旧登记簿……”

夏彦和冬彦再次面面相觑，似乎一道灵感的闪电在两人的脑中划过。

“原来如此，然后呢？”

“不，然后发生了什么我就不知道了。不过，昨天晚上这姑娘确实没有回来……不知您是否清楚，这姑娘现在正和犬子同居。不过，她被人下药这事，我是不知道的。”

“不，不，这是真的。我被下了安眠药，一直睡到刚才，可是……可是……这里到底发生了什么事？您刚才说我知道什么事？”

“你想知道发生了什么吗？好吧，你到这儿来，让你看看你都干了些什么。”

三轮芳子被警部押着绕到了牢笼的另一侧，她朝格子里看了一眼，立即惊得往后退了两三步。警部以为她要逃跑，猛然伸出手，紧紧地抓住了她的手臂。

“来啊，好好看看，这就是你干的好事。你趁他穿鞋的时候，拿这把短刀往他背上插了进去……”

“不，我不明白。再说，再说……我为什么要……”

“喂喂，你还嫌我说得不够清楚吗？你为什么要这么做，这不是明摆着吗？就是为了偷走美人鱼之泪。”

“美人鱼之泪？”芳子忽然瞪大了双眼，“可是，可是，这件事……”

“芳子！”忽然，牢笼中传来一声叫喊。是龙吉。他嘴唇苍白，像一只逃命的野兽，眼神畏畏缩缩的。

夏彦和冬彦见了他，又对视着眯眼笑了起来。

警部并没理会龙吉：“我说，你到底怎么回事？”

“不，不，我什么都不知道。我什么都不知道，真的，我真的什么都不知道。我是被人下了药……”被警部抓着手臂的芳子拼命挣扎了起来，像一只落入粘胶的蝴蝶，扭动着全身。

“混账！混账！安静点！”

“放开我，放开我……我什么都不知道，不知道。啊，我……”

“我警告你，安静点！”

就在芳子拼死挣扎的时候，套在她左臂上的手镯当啷一声掉在了地板上。被手镯遮住的部位露出了一个图案，正是红桃 Q。

“啊，这是……”此时，双胞胎夏彦和冬彦一声叫喊，跑了过来，一左一右地看着芳子的文身。

“啊，警部，搞错了！”夏彦喊道。

“搞错了？什么搞错了？

“这个女人不是刚才的那个女人。警部先生，搞错了，搞错人了！”冬彦喊道。

“搞错了？不是刚才那个女人？”警部扯大了嗓门问道，“胡说八道什么呢？你们……刚才不是说，刚刚到这里来杀了诹访、夺走美人鱼之泪的，就是三轮芳子吗？”

“是的，没错，我们是这么说的。可是……”

“不要再多说废话了，这个女人就是三轮芳子，她自己报上名来的。”

“是的，没错，可她不是那个人，证据就是这个文身。”

“这个文身？”警部的目光也落到了文身上，“这个文身怎么了？红桃Q。你们的意思是说，刚才来的那个女人身上也有一个红桃Q的文身吗？”

“是的，是的，可是不一样。喂，阿夏，你来说说。”

“好的，那我就说说吧。”夏彦装腔作势地干咳了一声，眯着眼，完全是一副开心的表情，“警部先生，我们已经说过了，刚才那个女人拿着美人鱼之泪从牢笼里出来的时候，被一个可疑的人撞到，手镯也顺势掉到了地板上。”

“嗯，这个我知道了。可是，这又怎么了？”

警部不耐烦地盯着这两个人。这对双胞胎究竟是什么人？他们套近乎套得让人起疑，涎皮赖脸，一副要弄人的小人相，让警部直想发脾气。

“是啊，那个……喂，阿冬，现在轮到你说了。”

“啊，好吧，我来说吧。出于某个原因，我们一直对那个文身非常感兴趣，所以当手镯脱落下来的时候，我们也仔细看了一下那个图案……”

“嗯，嗯，那到底怎么了？”

“呃，剩下来的我来说吧。那个时候，虽然女人马上就把文身遮起来了，可还是被我们看得一清二楚。女人的手臂上文了一个红桃Q……”

“所以，这不就得了嘛。这个女人手臂上也有……”

“不，您、您、您等我把话说完。当时我们看见的红桃Q和这人身上的，虽然大小都差不多，图案也几乎一样，但是有一处很大的不同。”

“所以我才问你们到底有什么不同啊！”警部的口气火辣辣的。佐伯检察官不解地来回看着这对双胞胎，就连芳子本人也狐疑地皱着眉，等着他们接下来说的话。

夏彦和冬彦越发得意起来，双双抱起胳膊，底气十足地挺起胸。

“警部先生，您应该知道吧，扑克牌里的人物基本上都是由上下朝向相反的同一个人构成的。比如说一张Q，里面的王后，就是两个胸部以上的肖像组成，上面的肖像朝左，下面的朝右，构成图案的两部分正好相反……”

“这些知识不需要你来教我。”

“是，是，是的，是这样。这些知识对我们来说也不算新鲜，大家都知道。要说的话，刚才那个女人左臂上的红桃Q，好像上半部分的肖像是朝左的。可是，现在这个人手臂上的王后却是……”

警部把目光落到三轮芳子的手臂上，随即眉头一皱，瞪大了眼睛。

芳子手臂上的红桃王后竟然是朝向右边的。

“我说，您明白了吗？警部先生大概还不知道吧，文这个图案的是一个叫清水龟三郎的文身师。”

“清水龟三郎说过，他曾经受某个女人之托，将她手臂上的图案分毫不差地文在另一个女人……我想就是这里的三轮芳子小姐……的手臂上。文身的时候，龟三郎先生动了些歪心思，他为了日后能识别出哪个是自己文的图案，就巧妙地在图案上留下了标记，就是脸朝右的王后。”

“是的，没错。扑克牌里的人物都是上下两个半身肖像反着，所以，一眼看去并不会看出这些差别。头朝右还是头朝左，如果不注意，根本不会察觉。这就是龟三郎的把戏。”

“也就是说，这世上有一个长得非常像三轮芳子小姐的人，她也有一个同样的红桃 Q 文身。只不过，她的红桃 Q 和芳子小姐的相反，上面的王后是朝左的。”

这番意想不到的推理缓解了刚才僵持着的紧张气氛。然而芳子却一个踉跄，像软泥一样栽进了佐伯检察官伸过来的手臂中。

警部有些不知所措，频频挠头。牢笼中的加纳大吉表情像面具一样，嘴唇弯成倒月牙状。而龙吉则目瞪口呆，怯怯地盯了芳子一会儿后，用像被驱逐的野兽一样战战兢兢的眼神悄悄地逐一朝每个人看去。

夏彦和冬彦依旧饶有兴趣地笑着。

夏彦肤色白，冬彦肤色黑。

迷宫杀人

江东地区有一条烟花柳巷，近来人们纷至沓来。此处隐于市井，过去有人称“报春梅”的丹次郎的艳名享誉此地，如今依旧保持着传统，浮荡子弟夜夜在此寻欢。

曾有一度——不，应该是更近一些的时候，这里是一处男欢女爱的烟花巷陌，即便如此，生意也没有像现在这样明目张胆。当时的女人们不过是从窗缝里探出目光，招揽行路的男人，多少显得有些检点拘谨。可如今……不，要是一一写出来，真是让人有所顾忌。算了，只好任凭诸位读者自己去想象吧。

就在这么一座欢爱的迷宫里，馆舍鳞次栉比，其中一家妓院门前正站着两个男人。

“请问，我能打听个事吗？”

“哎呀，欢迎，来，请里面说话。”

此时差不多十点钟，客人却寥寥无几。门口的大厅里，两个女人百无聊赖地打着牌，听到说话声，蓦然回头，便看见了门口站着的两个年轻男子。这两个男子始终有所顾虑，站在离门口两三尺远的地方，以防被里面的人强拉进去。如今这时代，屋子的构造完全变了，统统成了西式风格，女人们也不再是从前的笼中之鸟。走在外面的人，透过玻璃窗可以把里面看得一清二楚。不过这个行当还是有个规矩：禁止妓女越过门口几尺的范围到路上去拉客。

“哎呀，真讨厌。又不会吃了你们，再走近些嘛。来，来，正好这里也泡好了茶，你们就过来嘛。过来，过来嘛……”

“不，等办完了事我们一定去。不过，我们想先打听点事。”

“什么嘛，到这地方来，还客客气气地说要打听事……哎呀！”女人忽然发出一声惊叫。

屋里另一个女人吓了一跳，扭头看了过来。“怎么了？怎么回事，美音？你这么大声尖叫干吗？”

“我、我说，姐姐，你过来看一下。双胞胎啊，长得可真是一模一样，简直就像一个模子里出来的。”

美音是个十八九岁、话语间还带着些土气的姑娘，不过脸蛋倒还漂亮。如果她再稍微做一些基本的化妆处理，会显得更漂亮……

“傻瓜，犯不着这么山摇地动地喊。你呀，就是个长不大的孩子。欢迎光临，请进来吧。我们一晚上都空虚寂寞着呢，一定好好为你们服务……啊，哎呀！”年长的女人叫幸子，体态臃肿，白胭脂粉和红唇彩像油漆一样涂了一脸，橡皮人一样的身体上披着不知该叫午后礼服还是晚礼服的衣裳，极其难看，空气枕头般的乳房上挂着一串人造的假珍珠项链。“哎呀，真的。真和你说的一样。真是一对双胞胎，长得真像啊。虽然我经常在小说里看到，可是今晚才第一次亲眼见到。我说，你们、你们是双胞胎吧？”

“是啊，我们是双胞胎，跳踢踏舞的。我姓星野，名叫夏彦。”

“我叫冬彦。请多关照。”

夏彦和冬彦像跳踢踏舞一样整了整脚步，手挽着手朝她们眯眼一笑。

“哈哈哈，你们真有意思。”

“哎，哎，姐姐，要说双胞胎踢踏舞演员，他们会不会是最近经常在和平商场表演的那对双胞胎？”

“啊，对啊，星野夏彦和星野冬彦，没错，绝对错不了。既然都被我们看出来了，那就更不能放过你们了。我说，逃跑的就是懦夫。快过来吧，来，来。”

“不，很可惜我们不能进去。”

“不能在你们这美女如云的地方享受一番真是十分遗憾，不过，我们今天晚上有些急事。”

“什么嘛，真不识趣。到这儿来，还能有什么急事？”

“我们确实有急事，所以很抱歉。你们认识一个叫阿源的人吗？”

“阿源？”幸子和美音一脸诧异地面面相觑。

“阿源？光说一个阿源我们可不清楚，你们得把他的姓告诉我们。”

“其实，这个我们也不清楚。我们一直听惯了人家叫他阿源、阿源的，姓什么却从没听说过。”

“那你们肯定不知道了。他是源吉、源五郎还是源藏——这些你们也不知道吗？”

“这个我们也不知道。不过听说他每天晚上都会到这附近来。对了，虽然我们不知道他姓什么，但是他干什么我们还是知道的。这不能大声说，你瞧，他是这个……”

双胞胎中的一个将食指勾了一下，幸子和美音又是一脸惊诧地面面相觑。

“啊，你们认识他。真会骗人，看你们的表情就知道在隐瞒。听说他是你们的常客。哈哈哈，乖，听话，告诉我们吧。阿源的老巢到底在什么地方？”

“真讨厌，可是你们找阿源究竟有什么事？”

“没什么大不了的事，不用担心，绝对不会给你们惹麻烦的。我们是阿源的朋友，真的，是他朋友的朋友。你们知道龟先生吧？嗯，就是那个文身师清水龟三郎先生。”

两个女人又是面面相觑。

“我们和那位龟先生住在同一幢公寓里，你们应该知道吧，就是中野那边的公寓……”

“嗯，我们知道。”

“是吗？那就太好了。那你们现在可以相信我们了吧。告诉我们吧，阿源住在什么地方？”

“好吧，我这就告诉你，你先过来。不行，这事可不能站在外面说。跟你说吧，那个阿源的家……”

“拐过那个弯。”

“嗯嗯，拐过那个弯……”

“朝右走，然后再朝右拐……”

“朝右走，然后再朝右拐……”

“再走过三栋屋子……好样的，可逮住你了。”

糟糕！夏彦毫无防备地落入了橡皮女人的圈套。女人说话时一本正经，阿夏听入了神，不由得往前迈了一步，却冷不防被揪住了领带。

“啊，放开，放开，放开我，别闹了！”

“才不放开呢。别看我长得这副样子，我可是有甲鱼的性格——咬住了就绝不松口。美音，快来拉住我的腰，无论如何都要把他给我拉进来。”

“喂，阿冬，快救我！我要被她们拉进去了！”

“好嘞，阿夏，你可站稳了，我从后面把你拉回来！”

“姐姐，抓牢啊，我从后面拉住你。”

“好嘛，我们就来一场拉锯大战，瞧着，来吧！”

“憋、憋死我了。我喘不过气来了！”

局面一下子变成了一场闹剧。夏彦喉咙被领带勒住，直翻白眼。

正当此时，一辆汽车横着停在了这条烟花巷里。

“居然是这种地方……”停下的车里，一个人透过车窗朝外面看去，疑惑地小声说道。竟是个女人的声音。

“是的，就是这里……阿源那家伙经常来这里鬼混……”

“喂，清水，你把我们带到这里来，该不是想耍什么花招吧？”驾驶席上的男子握着方向盘，斥责道，声音低沉洪亮、热辣狠毒。

“怎、怎么可能！大哥，我怎么会有这个胆子。总之，您先下去看看吧。”

从车里走出来的是文身师龟三郎，剩下的一男一女嘀咕了一阵后，男子说道：“哦，是吗？那你就留在这里吧。这里终究不是女人该来的地方。”

“好的，那就拜托你了。找到那个人之后，请马上带他过来，我们另外找个地方问话。”

“嗯。”简短一声应答后，从驾驶座上跳下来的，不用多说，自然是白井顺平。这么一来，那个女人无疑就是矢代多门的女儿珠子。浑身是胆的珠子来到这烟花迷宫，也不禁要畏首畏尾。

清水龟三郎和白井顺平二人留下珠子，脚步匆匆地迈入这迷宫。

话分两头，且说说双胞胎夏彦和冬彦。

“哎，真危险。差点就要吓破胆了。”

“哈哈哈！阿夏，你可别太沉迷女色了。弄成这样，就是因为你对女人心太软了。”

“哼，别开玩笑。不管我对女人有多饥渴，也不会看上那个肉包子一样的女人，她算什么玩意儿。”

“所以说嘛，你去尝一口，说不定感觉还不错呢。啊，失态，失态。不过总算是逃出来了，我还以为要失败了，要么就是你被失魂落魄地拉过去，要么就是你的脖子给勒住，功德圆满了呢。”

“亏得我足智多谋，假装要对她投怀送抱，然后在她腋下胳肢了两下，她才一阵哈哈大笑，松开了我的领带。但凡是那种肉包子似的女人，都怕痒怕得要命。怎么样，阿冬，我算是个聪明人吧？”

“这算什么。哎？这是什么地方？”

“哎呀呀，我们什么时候到这迷宫的入口来了？”

夏彦和冬彦惊呆了，睁大眼睛四下观望。刚刚脱离虎口的二人，兴致勃勃地谈着此前九死一生的经历，不知不觉走过了这迷宫里一个又一个十字路口，出了这片街区。这正是这种迷宫的特点，光来三趟五趟可吃不透这里的地势。不过正因如此，才显得有些意思。

“哼，真晦气。那就再往回走一遍吧。哎呀……”

“阿冬，怎么了？”

“阿夏，你看，那里横摆着一辆汽车。”

“真的。难道是有人喝醉发酒疯了吗？这么豪华的一辆车竟然开到了这地方……喂，里面坐着个人。我们去看看吗？”

“好吧。”

多亏他们过去了。不过，这辆车处在这么一个微妙的地方，也实在醒目。自然好事的双胞胎也被激起了好奇心。

他们没有蹑手蹑脚，而是若无其事地走到车旁。车窗开着，一只胳膊搭了出来，一只雪白的胳膊。

“我说，是个女人啊。”

“嗯，奇怪了。”

他们从车边擦身而过，朝女人的胳膊看了一眼，顿时不约而同地交换了眼神——女人的手臂上清清楚楚地印着一个红桃 Q 的文身。

“喂，阿夏，刚才那个文身，女王是头朝左的吧？”

“嗯，确实是头朝左的。”

“这么说，她不是三轮芳子了？”

“傻瓜。三轮芳子今天晚上怎么会到这种地方来！”

“嗯，那也就是另一个女人了。”

双胞胎在黑暗中窃窃私语……

夏彦经过汽车旁边，停下脚步站了一阵，眉头紧皱，说道：“可是，奇怪啊。”

“怎么了，阿夏？”

“那个女人是故意把文身露出来的吧？可无论事情发展到什么地步，现在最需要掩盖住的不正是那个文身吗？她居然明目张胆地……”

“啊，对呀。”冬彦也惊得停下了脚步，回头一看。“阿夏，阿夏，还有更奇怪的呢。那只胳膊从刚才到现在没动一下，现在还是跟刚才一样，同样的姿势，垂在同样的地方。”

“阿冬！”

双胞胎忽然间脸色变白了，对视了好一阵，最后微微点头，又回到了车旁。女人的胳膊依然保持着刚才的姿势，无力地耷拉着。双胞胎面面相觑。

“喂……”夏彦试探性地低声打了个招呼，车内并没传来回应。

“喂，小姐，你怎么了？”冬彦朝车窗内看了一眼，立即僵住了。夏彦也往窗内看了过去，也立刻一动不动了。

这是有原因的。车内的女人脑袋低垂，纯白色连衣裙的胸部染了一片红晕，看上去就像一枝红玫瑰插在那里。只是，呈现在他们眼前的红晕正在慢慢扩散开来。而在这团红晕正中间，插着一柄窄匕首一样的短刀，刀柄像山鸡尾巴一样颤颤巍巍地抖动着。

这和杀死诹访三藏的凶器一模一样。

“绿洲”里发生的事

从傍晚开始，天气就异常闷热，终于下起了雨。远处传来轰隆隆的雷声，清脆而高远。

或许是天气的缘故，若在平时，此处正当人声鼎沸，今天晚上却出奇地冷清。狭窄的道路两旁长长地排了两列灯火通明的妓院，看起来像是水族馆的水槽。身着各色奇装异服的女人在各自的店里搔首弄姿，就像游在眼前的热带鱼，并时不时发出娇嗔的声音，召唤着从外面经过的男人。

白井顺平和龟三郎的耳朵里却听不进这样的声音。他们脚步匆匆，从一条路拐进另一条路。如前所述，这里是一片迷宫，所以白井顺平眼前也是走不完的路，两人立刻就辨不清方向了。

“我说，两位先生，你们干吗板着个脸呢？朝这边来看看嘛，来嘛，来嘛，快来嘛！”

“哼，你没看到吗，那两个人……一直摆着副臭架子。到这边来玩的人，怎么会像他们那样走路。哼，走掉啦！”

刻薄的骂声时不时地从那些捞不到生意的热带鱼的红唇里飘出来。每当听到这样的声音，白井顺平就觉得像是摸到了什么不干净的东西，不由得抖抖眉毛。

“喂，还没到吗？阿源那家伙藏的地方可真够……”

“奇怪。”龟三郎脸上是一副不确定的表情，他在一处黑乎乎的三岔口停住了脚步，“看来不能再往前了，我们完全走错路了。”

“走错路了？”白井的脸色立刻变得凶狠起来，用尖锐的目光注视着龟三郎的侧脸，说道，“你该不是在蒙我吧？”

“开玩笑，我怎么会……”

“可你不是说过对他家很熟吗？”

“是啊，我是很熟，只要走到那附近我就能找到。可是，这地方就像你看到的，是一片迷宫一样乱七八糟的街区，只来一次两次，根本就不可能记得路。啊，糟了，雨已经下大了。”

雨点已经零零星星地掉了一会儿，此时雨势一下子猛烈起来，转眼间就变成了一场倾盆大雨。

“啊，这可……”白井顺平匆匆环顾四周。这时出现了可乘之机。一直在用余光观察顺平的龟三郎忽然一个转身，消失在了雨中。

“啊，你小子，竟敢逃跑！”白井马上追了上去。雨大得让人睁不开眼睛，可冷清的街道上仍有五十到一百个浪荡子弟在雨中一片惊慌，四散跑开。不一会儿工夫，龟三郎就混进了人群，跑到迷宫的深处去了。

“可恶！”白井茫然地在大雨之中站了一阵，似乎还没死心，穿过一条条陌生的小巷，搜寻龟三郎的身影。

另一边，成功甩掉白井顺平的龟三郎迅速地穿过几条街道，最终在一块写着“绿洲”的店前停了下来。

“呀，欢迎……怎么回事，是你？”看着今天的天气，店里的女人觉得将一无所获，正无聊拿着扑克牌一个人占卜。见龟三郎跑进来，她抬起头问道：“怎么了？你东张西望什么呢？后面有人追你吗？”

“嗯，栽在一个坏家伙手里，可受了不少苦。”龟三郎浑身滴滴答答地掉着雨水，像狗一样晃了晃身子。

“哎呀，你都成落汤鸡了，稍等一下，我给你拿毛巾。”

龟三郎将脑袋、脖子哼哧哼哧地擦了一遍，又脱掉了淋得透湿的衣服。“哎，太倒霉了。想想真是来气。”

“到底怎么了？追你的是警察吗……还是地痞？”

“什么呀，都不是……我倒是要问你，阿源那混蛋来了吗？”

“来了。”女人一点头，脸上泛出一丝饶有意味的微笑。

“二楼吗？”

“是的……不过现在你不能上去，他好不容易才安静下来。”

“好不容易才安静下来？”

“是啊，阿源今天特别不高兴，来这之后就对老板娘发了一通火。老板娘也有一肚子不开心的事，所以自然也不会忍气吞声。两人闹了好一阵，这才重归于好。现在他们正关在二楼的房里呢，还是别去打搅的好。”

“我才不管这些呢。那个畜生，真是个坏透了的混蛋！因为那小子，我才吃了这么多苦头。真是太过分了，我得找他评评理……”

“哎呀，求你别去了，不要打搅别人的恩爱。老板娘马上就会下来的，你等她下来再说嘛。”

“你管不着。哎，放开我！”

女人从身后抱住了龟三郎，他挣脱开，才在楼梯上迈了一脚，只听二楼又传来了男女的对骂声。男的是阿源，女的是老板娘，错不了。伴着一阵咚咚咚踩地板的脚步声，天花板上的电灯摇摇晃晃。

“哎呀，他们又吵起来了。”

站在楼梯下面的两个人不由得竖起了耳朵。

“毛贼！”叫声是阿源的。

“啊，杀人了，来人啊！”这哀号是老板娘发出来的。

“臭婊子，还不还给我。你打算拿它怎么样？”

地板上的脚步声又大了几分，接着是咔嚓一声玻璃破碎的声音。

“哎呀，啊，不得了……”

“混蛋，混蛋，还给我，还给我，把项链还给我……”

“哎？项链……”

龟三郎吃惊地屏住了呼吸。扑通一声，楼上有什么东西倒了，接着啪的一声门被打开，等龟三郎反应过来，老板娘已经跌跌撞撞地下了楼梯。她身上胡乱披着一件长汗衫，手上握着一串项链。

老板娘见了龟三郎，吓了一跳，慌忙想要把项链藏起来，可龟三郎抢先一步抓住了她拿项链的手臂。

“啊，你想干什么？”

“你别管，这东西落在你手上对你没好处。我就先把它收下了。”

“啊，畜生！”

龟三郎从后面拧住老板娘的胳膊，硬生生从她的手里夺走了项链，一把将她推到了楼梯下面。“阿源那小子是在二楼吧？我有话要问他，你们不许跟上来。”

龟三郎走上二楼。穿过一条狭窄的走廊，来到一扇粗制滥造的漆门面前。门敞开着，一眼就能把屋里的情况看个清楚。

这是一间四叠大小的狭小西式房间，一张双人床占据了大部分空间。地板上没有铺东西，墙面上也没贴墙纸。这间破败不堪的屋子露骨地展现着它的用途：只要能够达成目的就行。床上乱糟糟的，脚边的衣物箱里塞满了男人脱下来的衣物。而在衣物箱边上，一个人几乎一丝不挂地倒在那里。一扇朝向外面的窗户玻璃被打碎，吹进来的风雨正猛烈地翻卷着窗帘。

“喂，阿源，你怎么了？”龟三郎问道。

俯身躺在地上的男子却没有半句回应。

“阿源，起来，起来，你就是不起来是吗？真有你的，太不像话了！你这混蛋，还没醒酒吗？”龟三郎大摇大摆地走进屋里，就在这时，他大叫一声，往后退了一步。

刚才因为被衣物箱遮住了，没看清楚，而今只见阿源的背上直插着一把短刀，细长的刀柄像山鸡尾巴一样一晃一晃地颤抖着。

“啊，杀人了！”龟三郎惊慌失措，冲过去打开窗户。“杀人了，来人啊！”

瓢泼大雨中，两个男子正好经过窗外的街道，闻声抬起了头。

“啊，是龟先生。”

“龟先生，怎么了？”

“啊，夏彦和冬彦，这里杀人了。阿源那小子让人给杀了。”

“嗯？杀人？阿冬，不好了，这里也有个人被杀了。”

“阿夏，总之，我们先进去吧。”

两人飞奔进了绿洲。还有一个男子一言不发地跟在他们后面，此人正是白井顺平。

“龟先生，怎么了？你说阿源让人给杀了？”

“啊，夏彦、冬彦，你们来得正好。阿源那小子现在这副模样了。”

“可是……可是，究竟是谁……”

“是老板娘。老板娘刚刚和阿源吵了一架，然后老板娘就冲到楼下去了。我紧接着跑上来一看，就发现阿源变成这样了。除了老板娘，不可能有别人杀了阿源。”

“不，你弄错了，不是我。”老板娘跟在这几个人后面，战战兢兢地走上了楼梯。她十分震惊，睁大眼睛看着丑陋的尸体。就在刚才，老板娘还被这个人抱在怀里，因此她受到的惊吓比别人更大。

“那会是谁干的？”龟三郎对老板娘喝道。

“我不知道是谁，可是，不是我干的！我什么都不知道！”

“你刚才不是和阿源大闹了一场吗？”

“是的，可那是……”

“老板娘，你到底和他争什么？”夏彦语气平和地说道。

“嗯，事情是……阿源来这里的时候非常不高兴，而我正好又遇上了不开心的事……不过，这只是小打小闹，我们马上就和好了，然后就上楼来了这里。”

“可你们不是马上又吵起来了吗？”

“是的，事情是这样的。我觉得他有事瞒着我。其实是他口袋里有不能让我看见的东西。我很生气，就等他睡着了之后悄悄起来看了一下。不，我根本没有想偷走它的念头，可是他却误解了，不停地喊着‘毛贼、毛贼’。这样一来，我就更生气了，所以又吵了起来。”

“他藏着的东西到底是什么，老板娘？”这次是冬彦在发问。

“就是这玩意儿了。”龟三郎从怀里拿出了一串项链。白井顿时两眼放光。

“啊，原来如此。阿源误以为老板娘要偷走这条项链。然后呢？”

“然后，他猛地朝我扑过来，想要掐住我的脖子，我一气之下，站起身咬了他一口。他退了回去，我顾不得别的，赶忙下了楼。”

“那个时候，阿源还活着吗？”

“是的，还活着。可是……”

“什么？”

“现在想想，真有些蹊跷。当我走到门边的时候，回头看了一眼，只见他张开手掌想要追上来，可一下子又打了个趔趄，倒在地上了。我当时以为他被什么东西绊倒了，并没怎么在意，径直下了楼，当时我要是……可是……这不可能啊。当时房间里并没有其他人……”老板娘一脸疑惑不解。

“老板娘，那个时候窗户是开着的吗？”

“不，窗户是我开的。我进来时是关着的。不过，窗户上的玻璃已经碎掉，窗帘被风吹开了。”

“老板娘，玻璃是什么时候打碎的？”

“刚才我们两个人争吵的时候打碎的。我想起来了，是在他准备掐我脖子的时候碎的。我当时拼命地把他推到了窗户边上，应该是那个时候他用肘打碎的吧。我只听见咔嚓一声，玻璃碎了。”

“当时窗帘是拉上的吧？”

“是的，这是因为……如果窗帘拉开了，对面的二楼可以把这房间里看个一清二楚。”

确实如此，隔着一条狭窄的街道，对面的房子也经营着同样的生意。对面二楼，也严严实实地拉着窗帘。

夏彦和冬彦看着对面的窗户，笑着点了点头。

“阿夏，你看，阿源背上插着的短刀和牢笼里那个人身上插着的丝毫不差，是同样的东西。”

“嗯，我也注意到了这点。阿冬，看来谜团已经解开了。”

“没错，没错。不管是牢笼案件，还是这次密室杀人案件，要破解它们，这把短刀是关键。一定是凶手从外国侦探小说里借来的手法。”

“是啊，一定是……凶手可真是个凶狠的家伙啊。”

就在这一对无比奇怪的双胞胎得意地窃窃私语时，白井顺平发出了一声公牛般的叫声。“不对，这不对！这条项链是假的！”

双胞胎的解说

第二天，和平商场七楼位于金色牢笼前的咖啡厅里，案件的相关人员全都到齐了。

珍珠大王加纳大吉、儿子龙吉以及唯一的嫌疑人三轮芳子自不必说，文身师清水龟三郎、白井顺平还有绿洲的老板娘都出现在了这里。双胞胎踢踏舞演员星野夏彦和冬彦当然也在，两人不知为何，显得很愉快。

然后，千千岩警部到达，佐伯检察官则稍晚一些。他们到来时，大家骤然紧张起来，唯独夏彦和冬彦开心地微笑着。

佐伯检察官一到场，千千岩警部就在所有人面前站了出来。“嗯，今天真是辛苦大家了。之所以请大家今天聚到这里来，不为别的，是应了这对双胞胎踢踏舞演员星野夏彦和冬彦的要求。他们宣称比任何人都先看穿了这段时间连续发生的三起杀人案的真相……于是，为了挑明真相，他们请求务必让所有相关人员一起碰个头……至于他们说的是真是假，我们也并不清楚。且不管两位将要说出什么，我想，还是先听听他们的意见为好，所以就把大家召集到了这里……那么，星野，请吧。”

冬彦和夏彦相互看了一眼，然后微微一笑，对警部的话里传达出来的轻微讽刺感到好笑。

警部坐下去之后，双胞胎紧接着站了起来，并肩向大家行了个礼。

“嗯，我们就是刚才警部先生仔细介绍过的双胞胎踢踏舞演员星野夏彦和冬彦。肤色白的是我，夏彦，肤色黑的是冬彦。今天把大家召集到这里来，是因为……喂，阿冬，下面该你来说了。”

“哎呀呀，就轮到我了吗？好吧，那我就开始说了。嗯，正如刚才夏彦说的那样，今天把大家召集到这里，不是因为别的，正是为了探究一下接连发生的三起杀人事件的真相……那么，为了探明事件的真相，我想，必须先从昭和十七年的春天说起。我说，阿夏，这样说没问题吧？”

“嗯，这样挺好。如果不从那件事说起，事情就太不好理解了。”

“那么既然得到了阿夏的同意，我就从昭和十七年的那件事说起吧。也并不是件大事，不过是在座的清水龟三郎先生——这位先生是个文身师——他在某天晚上被一个奇怪的女人带去文了一个诡异的文身。之所以说诡异，是因为龟三郎先生按照那个奇怪女人的要求，将她身上已有的图案一模一样地文到另一个女人身上。这件事给龟三郎先生留下了十分深刻的印象。带龟三郎先生去的女人戴着厚厚的面纱，龟三郎先生文了身的女人则躺在一张挂着帘子的床上，只伸出一只手臂来。对方这样一安排，龟三郎先生根本不清楚两个女人长什么样。而且，在来回途中，龟三郎先生的眼睛始终是被蒙住的，所以他也不清楚那是什么地方。也就是说，这件事笼罩着神秘的色彩。正因如此，那件事成为了龟三郎一段抹不去的记忆。接下来，嗯……喂，阿夏，下面轮到你来说了。”

“是吗？那就交换陈述人，由我向大家来陈述吧。后来，斗转星移，时间转到了战后的今天。此时，两个好事的小丑登场了。他们不是别人，正是诸位面前的夏彦和冬彦。听说一位叫三轮芳子的小姐手臂上有个红桃Q的文身，而且其中还有个离奇的过程，我们就想了一出有趣的恶作剧。先交代一下，我们住的公寓里还住着刚才已经介绍过的文身师龟三郎先生，之前从他口中得知了昭和十七年发生的那件事。于是，我们告诉他，那天晚上被文了身的女人或许是三轮芳子小姐。龟三郎先生一直以来就对两位小姐抱着强烈的好奇心，在听了我们的话之后，他决心要弄个究竟。可是……”

夏彦说到这里，吸了一口气，冬彦立刻接过话头。

“可是，要确认事情的真相，就不得不验看三轮小姐的文身。而她一直用一只粗手镯遮着，如果不摘下手镯，就无法看到文身。可我们也不能对一个素不相识的人提出这样无礼的要求，于是就想了一个歪招，我们找到熟人阿源。不知这个阿源是源助、源吉还是源太郎，平时大家都叫他阿源或源公。这个人有一手玄妙惊人的指尖艺术——简单地说，他是个扒手。我们的办法就是，先让阿源碰掉三轮小姐的手镯，再让龟三郎先生上去观察，确认是不是他文的图案。就这样，昨天中午我们一行人，也就是龟三郎、阿源和我们两兄弟在此等待时机。当时来的是三轮芳子小姐——更准确地说，是被我们当成芳子小姐的一个女人。那么，当时以及接下来发生的事情，不必我们在此多说，想必大家都已经知道了。”

“这些事情不用你们解释，我大致都明白。比起这些，我更想知道凶手是谁。杀害牢笼的看守人诹访三藏，然后又杀了芳子的替身矢代珠子，最后又杀了阿源的凶手是谁？他到底是什么人？”警部被双胞胎冗长的绕弯卖关子激起了怒火，呵斥道。

"哎呀，警部先生这么说也在情理之中，可凡事都要有个顺序。如果不把相互关联的几件事理清楚，就不能探究到真相。接下来，我们转到另一件事上。加纳大吉赶在商场重新开业之前，举办了一场大型珍珠展览会。而其中陈列的美人鱼之泪实在是一件珍品。这让战后的新兴财阀白井顺平垂涎三尺，他反复同加纳先生交涉，希望得到项链。可是心意已决的加纳大吉并没被说服。这样一来，白井顺平就铁了心，扬言不惜采取非法手段，一定要把美人鱼之泪弄到手。就在这时，矢代珠子小姐出现了。接下来……阿夏。"

"好吧好吧。珠子小姐出现在白井顺平面前,保证只要交给她去办，一定能把美人鱼之泪弄到手。不过，这里需要指出的是，当时白井先生并不知道矢代珠子小姐的情况，他完全把珠子小姐当成了龙吉的恋人三轮芳子小姐。于是他以巨额报酬与珠子小姐达成了协议。于是珠子小姐昨天伪装成芳子小姐，骗过了诹访三藏，顺顺当当地把美人鱼之泪弄到手。可偏偏又被阿源巧妙的手法给算计了。"

"喂，喂，这些我已经知道了。凶手是谁？谁是凶手？"千千岩警部看上去越来越生气了。

"别急，请再等等。接着刚才的话，珠子小姐好不容易拿到手的东西被别人偷走了，当然是气得不得了。正好这个时候，她发现有人在跟踪她，于是就把那人引到了原宿的家中。白井顺平也跟了过去。当时那幢房子里，三轮芳子小姐正躺在床上，被下了迷药睡着了。白井先生追到那里，才知道自己的合作伙伴原来不是三轮芳子小姐。根据那个女人的坦白，他才知道，那个女人就是已故陆军少将矢代多门的千金珠子小姐，而且珠子小姐和芳子小姐是同父异母的姐妹。"

"什么！"芳子的脸一直像蜡块一样苍白，闻言才有了些血色。她睁大眼睛，嘴唇激烈地哆嗦着。

“芳子小姐，你还不知道此事吗？”

“是的，我不知道。虽然我一直都知道有个人长得和我非常像，可没想到我和她竟然是姐妹……可是，可是她为什么要这么折磨我？就是因为经常和她搞混，我受了不少苦。”

“嗯，这个我们一会儿再说，接着说说白井先生。珠子小姐和白井先生将处于昏睡状态的三轮芳子小姐抬到了上野的一座山上，这时候才听说了和平商场的杀人事件。也就是说，珠子小姐跑出商场之后，才听到牢笼看守人诹访三藏被杀的消息。珠子小姐得知此事后非常震惊，对白井先生说了一句话。嗯，这话还是让白井先生亲自说出来吧。白井先生，请把当时珠子小姐说的话告诉我们。”

“我已经记不太清楚了，大致是这么个意思。她说：‘我被那家伙给耍了。我竟然成了他的帮凶。可恶，可恶！’”

“那么，她说过那家伙是谁吗？”

“她没说，不过，紧接着我们就一边等清水醒过来，一边寻找那个叫阿源的人。一路上，她像说口头禅似的不断念叨‘那家伙’、‘那家伙’，好像很不甘心的样子。”

“好的，谢谢了。那么，这里需要注意的一点是，凶手并不可能事先知道阿源住在江东地区的那个地方。所以，他应该是悄悄地尾随了白井先生的车。那么，是从什么时候开始跟踪的呢？如果说在半道上正好碰到了白井先生的车，那就太过巧合了。所以，凶手当然是从原宿的矢代家就开始跟踪的。这样一来，就说明凶手知道矢代家在什么地方。”

“是的，没错，阿夏，正是这样。当时，珠子小姐一个人留在了车里，这对凶手来说时机正好，于是当即把她杀了。接着，他又跟着亀三郎，找到了绿洲。然后，他抢在亀三郎上楼之前，把阿源给杀了。”

“可是……可是……这是怎么办到的？那里只有一道楼梯可以上二楼，跟踪亀三郎的人是怎么在亀三郎和店里的女人没察觉到的情况下走上二楼的？”

夏彦和冬彦听了这话，相视而笑。

“不，凶手并没有必要爬楼梯……”

“凶手确实爬了楼梯，但爬的并不是绿洲的，而是对面房子的。透过对面房子面朝街道的窗户，可以看到绿洲二楼的情况。”

“就在那个时候，老板娘和阿源的争吵开始了。需要注意的是，那间屋子的光源正好把两个人的影子一清二楚地映射到窗帘上。恐怕老板娘手上拿着的项链也成了窗帘上的影像。正当凶手等待时机的时候，窗户的玻璃又碎了，从外面吹进去的风把窗帘掀了开来。此时，被老板娘推到窗边的阿源背部出现在了玻璃裂口上。于是他对准了那个部位……”

“对准了那个部位？这是怎么回事？”千千岩警部终于摆出认真聆听的神态。佐伯检察官则一直都饶有兴趣地看着这对双胞胎。

“嗯，在说这个之前，我们还是再回顾一下牢笼中发生的那件事吧。当时我们目不转睛地一直在观察牢笼里的情形。我们敢对天发誓，当时牢笼周围一个人都没有。里面也没有其他人，外面也没人靠近。在这样的情况下，杀死诹访三藏的那把短刀……是从哪儿来的？只有一个办法可以解释这点。在座的各位如果要走到牢笼那边，路上会有一样东西遮挡住视线，就是那个东西——宣传条幅。”

如前所述，金色牢笼的左右两边各有一块布悬在空中，其中一边一直延伸到了通往楼顶的楼梯附近。夏彦和冬彦指着的正是这块布。

“我的意思是说，那把短刀从通向楼顶的楼梯中间发射出来，穿过那块布直射到了牢笼里。所以，也难怪我们都没察觉到了。”

“那把短刀？被发射出来？”警部剧烈地喘息了起来。

“是的，除此之外，我们无法解释这个案件的谜团。当时诹访三藏想要系鞋带，短刀正好从斜上方射出来，所以才会以那样的角度插进他的背里。”

“是的,同样的事情也发生在了绿洲和其对面的房子里。也就是说，阿源隔着一条路，被人从二楼射中。射击工具是这个。”冬彦拉开脚下的皮包，像魔术师一样取出了一样有趣的东西。大家见了，都不由得睁大了眼睛。这是一把古代西方常用的十字弓，也称弩，罗宾汉狩猎时用的武器。

“你在什么地方找到的？”

“在绿洲附近的一条泥水沟里……杀掉珠子小姐和阿源之后，十字弓已经没用了，于是凶手就把它扔进了泥水沟里。凶手一定以为，谁都不可能想到他居然会用这样一种奇怪的凶器吧。”

“这把十字弓原本是发射弓箭的工具，而凶手对它进行了改造，使它能够发射短刀。”

“那么，那么凶手是谁？是什么人？”警部忍不住吼了起来。

他这句话仿佛是一个暗号——其实是夏彦用手指发出了一个暗号——一个穿着奇装异服的年轻女人应声走了过来。

“我来介绍一下，这位美女是住在绿洲对面的加代子女士。她将会从在座的诸位中，指出昨晚案件发生之前走上二楼的那位……啊，危险！”

忽然，冬彦扑向了加代子，与此同时，伴着一声巨响，一颗子弹擦过加代子的耳际。谁也想不到，子弹竟然是从珍珠商加纳大吉的上衣口袋里射出来的。紧接着，严阵以待的刑警们一齐扑了过去……

“你要问加纳大吉为什么要干这种事吗？”

“这是因为游手好闲的龙吉偷梁换柱，用赝品换掉了真的美人鱼之泪，并把它卖掉了。”

“这条项链投了巨额防盗保险，大吉想要得到保险金，又不愿自己的儿子被抓起来，于是制造了一起偷盗事件，故意上演了这么一出闹剧。”

“另一个原因则是大吉对芳子小姐的厌恶。他想只要让芳子小姐背上偷盗或杀人的罪名，就可以让龙吉与她断绝关系了。”

“深深讨厌芳子小姐的大吉，之前就一直打探情况。就这样，他找到了长相酷似芳子小姐的珠子，并把珠子拉入伙，授意她盗走美人鱼之泪。可是，珠子却转而投靠了白井先生。这时，半路又杀出了扒手阿源，从旁偷走了项链，事情终于变得复杂了起来……”

“总而言之，大吉的计划是：让珠子偷走赝品项链，并栽赃给芳子小姐。与此同时，他又不能让已经知道项链是赝品的诹访三藏活着，于是就用那种方法杀了人。当天晚上，大吉前往原宿，准备从珠子手里拿回项链，却看到珠子和白井先生、龟三郎先生三人一起出发。于是跟踪他们，先是把珠子杀了，然后又把阿源杀了。杀掉珠子恐怕是他一开始就有的预谋。而杀了阿源是因为他考虑到，即便以后证实这是一条假项链，他也可以编造出阿源在半路掉了包的说辞。”

“怎么样？这么一来，你应该明白个大概了吧？”

夏彦和冬彦十分高兴。为什么十分高兴？不仅是因为出色地揭开了三桩杀人案的谜团，更是因为三轮芳子此时的表现。芳子刚才一直把头靠在白井顺平宽厚的肩膀上，兴致勃勃地听双胞胎说话。夏彦和冬彦很会察言观色，说到最后，声音小得仿若窃窃私语。芳子的眼睛渐渐眯成了一条线。白井朝双胞胎使了个眼色，夏彦和冬彦立即心领神会地站起来，离开了白井豪华的书房。当他们走到门口时，回头一看，白井粗壮的胳膊抱住了芳子，两人的嘴唇紧紧地挨在了一起。

“阿夏，可喜可贺！”

“阿冬，可喜可贺！”

两人微微一笑，悄悄地关上了门……

图书在版编目(CIP)数据

双胞胎在私语/〔日〕横沟正史著；黄真译. －海口：南海出版公司，2015.1
（横沟正史作品）
ISBN 978-7-5442-7487-6

Ⅰ.①双… Ⅱ.①横…②黄… Ⅲ.①短篇小说－小说集－日本－现代 Ⅳ.①I313.45

中国版本图书馆CIP数据核字(2014)第246553号

著作权合同登记号 图字：30-2012-109

双胞胎在私语
〔日〕横沟正史 著
黄真 译

出　　版 南海出版公司 (0898)66568511
　　　　 海口市海秀中路51号星华大厦五楼 邮编 570206
发　　行 新经典发行有限公司
　　　　 电话(010)68423599 邮箱 editor@readinglife.com
经　　销 新华书店

责任编辑 张 锐
特邀编辑 连子心
装帧设计 金 山 朱 琳
内文制作 杨兴艳

印　　刷 北京中科印刷有限公司
开　　本 890毫米×1270毫米 1/32
印　　张 7.5
字　　数 173千
版　　次 2015年1月第1版
印　　次 2015年1月第1次印刷
书　　号 ISBN 978-7-5442-7487-6
定　　价 32.00元